Ludwig Weibel
Bist du Zeuge deiner Wachheit
Lass dich in Herzenstraulichkeit von Mir umfangen

Books on Demand

Bibliographische Information der Deutschen National-bibliothek. Die Deutsche Nationalbibliothek verzeichnet diese Publikation in der deutschen Nationalbibliographie, detaillierte bibliographische Daten sind im Internet über http://dnb.dnb.de abrufbar.

© 2016 Autor: Ludwig Weibel
Herstellung und Verlag:
BoD – Books on Demand, Norderstedt
ISBN 9783741266089

Ludwig Weibel

Bist du Zeuge deiner Wachheit

Inhalt

Weite des Bewusstseins
5

Erkenne deine Kraft
27

Verlockung klingt in dir
39

Bist du Zeuge deiner Wachheit
59

Gestillt im stillen Reich
81

Strebst du nach Einheit Herz
101

Wachheit im Unendlichen
125

1
Weite des Bewusstsein

1.1
Einleitung

Aus Ruhe und Zuversicht sind diese Essays entstanden, welche in übersichtlichen Texten auf bedeutsame Dinge hinweisen und die zu wissen dem einen oder anderen von Nutzen sein kann.

Immer sind wir in Gefahr, uns auf unseren Menschenwegen entweder vom Gewöhnlichen und Offensichtlichen blenden zu lassen, oder, wenn wir ihm überdrüssig geworden sind, es fliehen zu wollen. Es gibt aber nur den einen Weg der Mitte, der uns im angemessenen Einbezug des Sinnlichen und des Übersinnlichen in eine Zukunft führt, in der wir frei und glücklich sind und uns als Ausprägung der universalen Einheit zu erkennen vermögen.

Die vorliegenden Texte wollen uns auf grundlegende Forderungen für unser Handeln hinweisen, sowie an unsere Geduld und Ausdauer appellieren, mit denen wir schlussendlich die ersehnte Lebensharmonie erreichen.

1.2
Auf der Suche nach dem Du

Wir sind immer auf der Suche nach dem Du, dem Gegenüber, solange wir uns in uns selber einsam fühlen. Und warum fühlen wir uns einsam? Weil wir auf dem langen Weg unserer Mensch Werdung noch tief in der Phase des Ich Werdens stecken. Sobald wir uns und zwar für immer als Einzelpersönlichkeiten erkannt haben, und gerade dadurch genügend einsam geworden sind, beginnen wir, wieder aus uns heraus zu gehen auf der Suche nach dem Anderen, das uns aus der Isolation in der Ich Bezogenheit hinausführen soll. Wir suchen Menschen, einen Freund, ja Gott, und suchen ihn an uns zu ziehen. Bei dieser Art der Du-Suche machen wir aber die leidvolle Erfahrung, dass alles, was wir an uns ziehen wollen, sich uns wieder entzieht. Erst, wenn uns die schmerzlichen Erfahrungen so weise gemacht haben, dass wir uns dem Gegenüber nahen, indem wir hebend uns verschenken, kommt es uns mit all seinem Reichtum entgegen.

Da wir kaum dazu fähig sind, uns hemmunslos ganz hinzugeben, vollziehen wir den Gang zum Gegenüber in kleineren oder grösseren Schritten, die eben mit gewissen Rückschritten in unseren Egoismus verbunden sind. Aber in dem Mass, in dem es uns gelingt, dauerhafte Fortschritte zu erzielen, werden wir uns freier fühlen.

Es mag sein, dass wir im Ringen um das Du das Vertrauen in die Menschen verloren haben. Also wenden wir uns Gott zu, Doch eigenartig, sowie wir dazu fähig geworden sind, uns Gott zu verschenken, sind wir auch in der Lage, uns an die Menschen, an die Schöpfung zu vergeben. Erst zaghaft, aber dann immer bestimmter gelingt es uns, zu erkennen, wie sehr das Göttliche und das Menschliche eine lebendige Einheit bilden. Also begegnen wir auf dem Umweg aber das Göttliche in der Schöpfung wieder dem Menschlichen, das wir vordem nicht finden konnten. Jetzt aber ist die Begegnung mit dem Menschlichen um die Erkenntnis reicher geworden, dass wir darin dem Göttlichen begegnen. Wir empfinden eine grosse Ehrfurcht vor der einzelnen Person, wie auch vor der Gesamtheit der Personen, der Menschheit, die uns plötzlich als Offenbarung des vordem so geheimnisvollen Göttlichen erscheint.

Mit dem Offenbar-Werden des Göttlichen in der Schöpfung können wir zur Einsicht kommen, dass es auch das Christliche enthält. Unsere sinnlich wahrnehmbare Heimat die Weltkugel und alles Lebendige auf ihr sind vom Christusgeiste durchtränkt, ja, sie steilen seine Leiblichkeit dar. In den Momenten, in denen wir ganz klar in dieser Einsicht leben, mag uns ein Einzelner gegenüberstehen. Wir küssen ihn und wissen plötzlich, jetzt habe ich Christus geküsst. Ein seliges Erschauern durchglüht uns, eine namenlose Ehrfurcht und die reinste liebe, die wir in diesem Moment zu leben fähig sind. Wir haben uns selbst vergessen, und im Gegenüber finden wir uns wieder, ganz persönlich, ganz real. Mit unsäglicher Freude können wir im Andern "Du" zu uns sagen; wir nennen ihn beim eigenen Namen und lassen ihm voll Zartheit das angedeihen, was wir in den Tiefen unseres Seins so sehr für uns selber gewünscht haben. Wir verschenken ihm die schönsten Früchte unseres Daseins und werden dabei inne, dass wir selber die Beschenkten sind.

Wir schauen tiefer. Und im Lichte dieses Erkennens offenbart sich uns, dass hier, im Menschlichen, sich auch das Göttliche erfüllt. Es war einsam und findet sich im eigenen Gegenüber wieder. Auch Es trug Leid und findet Freude im Verschenken. Es verstrickte sich im Abgrund der Inkarnation, erleidet Tod und findet sich im Auferstehen wieder.

Und wie die Nacht dem Strahl der Sonne weichen muss, weicht auch in uns das Grabesdunkel dem hellem Licht, wenn wir voll Liebe offen sind dem Gegenüber. Verströmend uns ins Licht, wird uns das ganze Dasein lichtvoll, selig, heiter. Das Paradies, so wissen wir, ist nicht ein Ort, es ist ein Fühlen. Und sind wir so im Licht und ganz Gefühl, umfängt uns Wonne des Elysiums. Voll Dankbarkeit verweilen wir im Wohllaut reiner Harmonie, die uns beseelt und weilen, Christ und Mensch geworden, still in der Beglückung unermessnen Friedens.

1.3
Alles in allem

Es gibt nur dieses: Erkennenlernen, dass wir nicht nur Gottes Geschöpfe, sondern in geheimnisvoller Verflechtung zugleich auch Ihn selber sind. Nur in dieser Erkenntnis können wir unser Geschöpfliches soweit vor uns selber zurücktreten lassen, dass es, ganz Demut, ganz Nichtigkeit und ganz Vertrauen geworden, uns nicht mehr blendet und im Wege steht, womit wir ganz uns selber in der Herrlichkeit des Vaters zu sein vermögen.

Dadurch, dass wir unsere Geschöpflichkeit als nichts erkennen, werden wir alles in allem, d.h. wir fmden uns zugleich in jedem Teil der Schöpfung wieder. Erst in diesem Erkennen sind wir fähig, ganz auf unser Gegenüber einzugehen, nämlich, indem wir es selber sind. Wir erleben sein Dasein als das unsere und sind befähigt, sowohl seine Gedanken nachzuvollziehen, wie auch seine Gefühle zu empfinden.

Sovieles in der Schöpfung ist noch unerlöst und hängt wie eine ungeheure Last an denen, die sich selbst in ihr erkennen und nur wahrhaft frei sein können, wenn es mit ihnen auch die Schöpfung ist, indem sie sich erkennt im Vater und damit in der namenlosen Seligkeit des Seins.

So wollen die Erlösten denn in brüderlicher Liebe alles Weltliche umfangen und es voll Sanftmut ins Reich der Freiheit und Beglückung ziehn. Sie wollen Weg sein für die Vielen und das Licht das ihn erhellt. Den Seelen sind sie Trost in ihrem Ringen und verleihen Kraft, wo die Ermattung sie bedroht. Ins Ausgedehnte, Kosmische gewachsen, hüllen sie voll Güte alles Werden ein und lassen es im Schoss der Zeit sich selbst entfalten.

1.4

Weite des Bewusstseins

Es wird eine Zeit kommen, wo auch du erkennst, wie sehr deine physische Gegenwart dir dein wahres Dasein verdunkelt, wie sehr sie es einschliesst in den kleinen Bezirk deines menschlichen Lebens. In diesem Erkennen wirst du wie befreit sein von deiner leiblichen Hülle, du wirst sie in die Kategorie des Erdigen, Substantiellen verweisen, das du bewohntest wie die Schnecke ihr Haus und aus dem du nun hinausgewachsen bist in beliebige Grösse, so wie du dich denkst, sodass das Haus zu einer "Quantité négligeable", zu einem Nichts wird im Vergleich zu dem, was du nun bist in der Bedeutung deines wirklichen Daseins.

Du fühlst dich frei, so frei wie nie zuvor in deiner menschlichen Existenz. Alle Nöte sind verschwunden, sind zum Rand gedrängt von der vollkommenen Zuversicht die dich beseelt und dich erhebt in Sphären unaufhörlicher Beglückung.

Diejenigen, welche du in diesem Zustand mit deinem Sein umhüllst, erspüren mit den Fühlern der Seele, was du ihnen antust und fühlen sich gestärkt und eingewoben in ein Unfassbares, dem sie sich nur allzugern im Lied der Wonne, das sie leis durchklingt, ergeben. So wie dem Sonnenschein am frühen Morgen sich die Blumen öffnen, öffnen sich die Kelche ihres Fühlens dem beseligenden Strahl, der sie in Lauterkeit berührt und ihnen mehr von dem als je von Mensch zu Mensch Verbindendes geflossen, voll Zärtlichkeit vergibt und sie beglückt, wie eben reines Seelenweben bis ins tiefste glücklich machen kann.

Welche Tröstung reichte nur annähernd an diese heran? Welcher Balsam linderte die Schmerzen mehr denn als des Geistes reiner Hauch an Linderung verweht, dem der ganz seiner Fülle sich anheimgegeben. Unsägliches geschieht in diesem sich Verströmen, und Geheimnis um Geheimnis wird voll Sanftmut dem gelöst, der in der Freude ruht, die Freude ihm voll Innigkeit vergeben.

1.5
Der geistige Kosmos

Irgendwann in unserem Dasein wird uns dann bewusst, dass wir uns in einem geistigen Kosmos befinden. Das Reale, das Sichtbare, die strahlende Sonne, umkreist von den Planeten, von denen die Erde einer ist, sind nur der letzte, eigentlich erstarrte Ausdruck einer Geistigkeit, die in ihrem lebendigen Schaffen unendlich beweglich ist, differenziert und fliessend alles durchwebt und durch waltet in solcher Feine, dass wir sie mit unseren grobschlächtigen Sinnen eben nicht wahrzunehmen vermögen. Dazu braucht es eine Verfeinerung unseres Denkens und Fühlens, welche dazu führt, dass wir das Offensichtliche eben auch offensichtlich, wie mit Augen zu erkennen vermögen. Indem sich unser Befinden von unserer Körperlichkeit löst und sich ins Unermessliche ausdehnt erfahren wir, dass alle Dinge die vordem ausser uns waren, nun in uns sind, und wir fühlen uns mit ihnen in wunderbarer Einigkeit verbunden. So wird dann alles was die andern tun zu unserm eigenen Verrichten. Was sie bewegt, bewegt uns ebenso und was sie wollen, ist im allgemeinen Kräftespiel in unser eig'nes Wollen eingeflossen.

In diesem, sich im Raum erfühlen, gehn wir vollends auf im Strom der allgemeinen Harmonie, die von der Geistwelt ausstrahlt und durch deren Kräftefeld wir uns auf unserem Planeten unentwegt bewegen. Da wir zugleich Bewegtes und Bewegendes geworden sind, sind wir erlöst von jedem Widerspruch der sich bislang noch mochte in den Falten unserer Seele aufgehalten haben. Es ist uns alles selbstverständlich, was wir sind und sinnen, und im liebenden Umhüllen und Erfüllen alles Seienden begreifen wir uns selbst in unserm Sein und unserem Uns-selbst-im-Seligsein-Erleben.

1.6

Kampf der Götter
Die eigentlichen Herrscher sind die Geistesheroen, die in der Klarheit ihrer Erkenntnisse den unermesslichen Strom der Evolution vor sich sehen und die sich in vollendetem Einklang mit der Götterwelt in die Mitgestaltung des gigantischen Werkes hineingeben. Dabei setzen sie sich ohne Wenn und Aber mit der vollen Kraft ihrer Persönlichkeit für das Ideal, das sie als das ihre erkannt haben, ein, ohne der Wunden, die ihnen das Widerspenstige schlägt, zu achten. Sie wissen sich in

einen Kampf der Götter gestellt und sind sich gewiss, dass ihnen die Himmlischen Hilfe gewähren.

1.7
Von Mensch zu Mensch
Ebenso wie die "Orte" Himmel und Hölle in Wirklichkeit Gemütszustände sind, so sind die wahren Distanzen von Mensch zu Mensch nicht in Kilometern zu rechnen, sondern in der Intensität des Sich-einander-verbunden- oder-abgeneigt-Fühlens. Der Wunsch, sich körperlich nah zu sein, entspringt nicht dem höheren Bewusstsein im Menschen, sondern seinem gewöhnlichen menschlichen Ego. Was aber zählt, ist der Grad der Verbundenheit, der sich über dem körperlich Nah- oder Fernsein, in einer Gleichgestimmtheit der Gedanken und Gefühle äussert, die weder der Worte noch des physischen Sich Berübrens bedarf.

Ebenso wird das Zeitliche überwunden, indem die Sympathie mit der die Wesen sich umströmen eben allgegenwärtig, d.h. sowohl an jeder Stelle wie auch in jedem Augenblick vorhanden ist und den Geliebten fühlen lässt, dass er geliebt ist, jederzeit, ob nun die Liebste früher oder später fühlend ihn umfängt.

1.8
Zum Tag erwachen
Wer ist glücklich? Der zum Tag erwacht aus wirren Nöten. Der die Wesen fühlt so wie sie sind. Der ganz in ihrer Welt lebt, wie in der eignen und ihren Kummer trägt, wie er sie quält.

Was sind die Lichter eines Luchses? So wie die deinen: aus der Seele glänzendes Gefühl. Wo willst du, Wankender, im Wanken hin? Ich liebe dich, weil ich mit dir dem Wankenden anheimgegeben. Wo ist die Welt, das Leben, wenn nicht in allem das selbige, das im Begegnen sich erkennt, geheimnisvoll in feinen Tiefen.

Wo geh ich hin, wenn nicht zu Dir; nur muss ich dies' Erkennen in mir tragen.
Nimm meine Hände, nimm mein Weh, Allgütiger, das weint mir in der Seele.

1.9

Erkennen der Göttlichkeit
Der Mensch spürt in seinen Tiefen, dass er Zusammenhänge braucht, um leben zu können. Er findet diese in seinen Eltern, seinen Geschwistern, den Menschen seiner Umgebung. Doch diese Beziehungen sind im Wandel begriffen, lösen sich auf, neue Bindungen entstehen und vermögen ihn nie ganz zufrieden zu stellen. Sein Wesen aber sucht das Dauernde und dieses wird es erst im Erkennen seiner Göttlichkeit gewinnen.

1.10

Sphäre unermessnen Glänzens
Es gibt einen Zustand des Bewusstseins in dem ich weiss, dass ich ein ewig junger Gott bin, ein Götterjüngling, der ausser der Leibeshülle sich fühlend, unsägliches Befreitsein erfährt. Völlig begierdelos empfinde ich mein Sein in reiner Freude, denn es ist mir von mir selber nur noch das Körperlose bekannt. Die Vorstellungen, die ich mir bilde, sind da, die Gedanken und eine reine, an die Geschöpflichkeit der Welt sich verströmende Liebe. Es sind wahrhaftig keine Probleme mehr zu lösen, es sei denn dieses: Anziehungspunkt zu sein und Lichthort für viele, die voll Sehnsucht nach der Wahrheit suchen, Sie zu erheben, indem ich sie umhülle mit dem Fluidum der Güte, ist mein Ziel.

Zu schweigen wäre mir lieber im Atem namenloser Beseligung die mich durchströmt. Wie in weiter Ferne gewahre ich die Schemen einer versunkenen Welt, derweil ich hier mich schaue in einer Sphäre von Helle und unermesslichem Glänzen. Ohne Zweifel ist das der

Himmel, den die Seligen preisen, die Stätte der Glorie, vom Wirken der Engel durchwallt und die Vollendung der Zeit. Denn es ist weder Anfang noch Ende zu sehen im seligen Hiersein. Kräfte giesse ich aus, getränkt mit dem Lächeln der Sorglosigkeit, Heiterkeit durchmisst den Raum meines Gewahrens, den lautlos der Erdball durchschwebt.

Nun will ich wirklich schweigen, in der Erfüllung dessen, was einmal Sehnsucht war, schweigen in der Umhüllung der Seelen der Welt, von denen ich deine mit strahlendem Blicke bedenke.

Komm, oh komm, holdes Wesen, dir send ich den rettenden Strahl. Du erhebst dich und gleitest im Lichte dahin, wo die Sphären dich bergen und Liebe dich führt. Komm, dass du mir nah bist im goldenen Glanze, nah im Bewusstsein der Seligkeit, die wir jubelnd erleben. Komm, und erkenne das Makellose, den Odem der Klarheit und die Sanftmut restlosen Verstehns. Ruhe im ruhenden Blick, den ich hebend dir sende und verweile im Anblick der leuchtenden Wesenhaftigkeit, die ich lächelnd dir bin. Voller Beglückung sind wir und beglückend ist alles was fein uns umgibt in der unaussprechlichen Benedeiung des göttlichen Seins.

1.11
Wohlklang der Glückseligkeit

Es kommt die Stunde, die dich bis zuinnerst selig machen kann. Zur vollen Menschlichkeit gereift, trittst du ins Reich der Götterherrlichkeit hinüber. Das Geheimnis deines Seins wird strahlend vor dir offenbar. Was in dir wirkt, ist losgelöst von aller Erdenschwere und beschwingt sich selbst im Wandel, den es unvermittelt in sich fühlt. Das Bleibende zeigt sich im reinsten Sonnenlichte und unterhält sich selbst im Zug der Grazie, die ihm seit Urbeginn zu eigen. Geläuterten Gefühls ruhst du im Anblick zauberhaften Werdens, das sich vor deinem Innesein in weite Fernen breitet und besiehst es zudem zum Berühren nah.

Deine Torheit war's, so lange mit den Schritten zuzuwarten, bis der eine, letzte dir gelang. 0 Wohlklang der Glückseligkeit, der, ein begeisternd Rinnsal, durch die Fasern deines Wesens gleitet. Dein Gedenken zieht ihm nach und sieht lebend'ge Blümchen sprossen aus der reich durchflossnen Flur. 0 Lieblichkeit, die sich vor deinem Angesicht enthüllt, um vor dir in grazler Elfenleichtigkeit zu tanzen. Durchsichtig wird, was dich umwebt im Lichte reinen Schauens und wie schwebend wirkt, was dich umgibt, sowie du selber schwebst im Medium azurner Sphären.

Bedenke, dass die Stunde die dich so mit Glorie begabt, unüberhörbar naht, und sei im Streben schon beglückt, das dich dem Langersehnten würdig macht, in würdevollen Tagen.

1.12
Die einzige Daseinsform
Der zur Wahrheit Erwachte erkennt das Zeitlose in seinem Sein und sieht sich in dem, was die Sterblichen Jenseits nennen, als in der einzigen Daseinsform, die es in Wirklichkeit gibt. Das Diesseits ist nur eine scheinbare Wirklichkeit, die von der wirklichen umhüllt und durchströmt ist, ohne dass es die Masse der Menschen zu erkennen vermag.

1.13
Am Kreuz des Lebens
Ich kann in jedem Augenblick den Himmel erleben, wenn es mir gelingt, mich in meinem wahren Selbst zu erkennen. Es ist wie ein Umschalten von einer Mentalität in die andere, vom sich als Mensch oder als Gott fühlen. Es gibt auch Zeiten des Übergangs, wo schon ein Teil meines Wesens ins Göttliche eingetaucht ist und der andere noch im Menschlichen west. Dann erlebe ich

beides zugleich, das Freisein in azurenen Höhen und die verzehrenden Wünsche, die meine Brust zu einer Kammer der Schmerzen machen. Es entsteht ein Hin und Herwallen der Gefühle. Bald bin ich seliger im Einssein mit der göttlichen Substanz, bald stöhne ich im Weh ob all den Nöten die mein Herz durchziehn.

Da ist dann auch die Sehnsucht nach der Geliebten. Wie mit tausend Magneten zieht es mich zu ihr hin. Ich verlange darnach, die warme Lebendigkeit ihres Leibes zu umfangen und sie mit der meinen in zarte und feste Berührung zu bringen. Ich möchte ihren Leib mit liebkosenden Händen übergleiten, dass sie mir Kunde geben, beglückende und erregende, von allen Höhen und Niederungen die ihm eigen sind.

Aber zugleich wird mir schmerzlich bewusst, wie sehr ich mich damit in das Geschöpfliche vergebe. So zwischen Himmel und Erde gespannt seh ich mich aufgerichtet am Kreuz des Lebens und seh mich vor mir selber als Christus, der das Irdische mit dem Himmlischen und das Himmlische mit dem Irdischen zu vermählen sich unternimmt, in einer Aktion unermesslichen Liebens, das von der Hinterwelt der Sterne kommend in die Kammern des Alls fliesst und sie erfüllt von Raum zu Raum, von Zwischenraum zu Zwischenraum, von den grössten Gegebenheiten bis zur Minikrimie der Atome, von den Lichtdistanzen bis zum Metermass der Erde, in die die Liebe eindringt und sie durchsetzt im Labyrinth ihres materiellen Gefasers. Ich sehe mich in den Erdball verweht und verweht in die Abgeschottetheit der Milliarden Zellenmenschen, die nichts wissen von sich selbst und ihrer wahren, allumfassenden Bedeutung. Denen nicht bekannt ist, dass sie Menschheit sind, ein einzig Instrument aus Schöpferwillen und Beleben, dass sie des Schöpfers rechte Hand sind, die sich schwer auf den Planeten legt und dass das Blut aus Seinem Herzen sie durchströmt.

Und das zu sehn und das zu ändern ist des Christus, ist der Christusse gemeinsam vor sich hin gesetztes Ziel. Wie diesen ätherlichten Tag seh ich dies alles mit den Augen der Vernunft und mit dem über ihr gebornen Schauen. Ich darf entschweben bis zum Rande des Geschehns und dann darüber, derweil das Bindende zerbröckelt und mich in Einheit mit dem Göttervater sehn. Es ist ein Glanz der mich umgibt, mehr als von tausend Sonnen, in der Gewissheit dieser Klare. Und wieder ist's die Freude, die mich makellos im Innewerden des Geborgenseins im Überall durchzieht. Ich spüre Andacht in mir selbst, mit Vorbedacht zu reiner Blüte hochgezogen. Geläutert bin ich, steh dem Cherub gleich vor dem Gedankenspiegel, der mich mir selber zu erkennen gibt und mich beflügelt, dass ich auf Schwingen der Erkenntnis ins Innerste der Gottheit schwebe. Zutiefst gestillt ist, was ich nun mir selber bin und klar ist, was ich in der Klarheit der Unendlichkeit erwäge. Die Ziele sind gesetzt, der Anker längst gelichtet und das Segel wölbt sich, von der Windsbraut angerührt auf froher Fahrt in sagenhafte Weiten. Begeistertes Erstreben des noch Unbekannten füllt mein Sein und Well an Welle wirft es, dass ich glückselig mich darein vergebe.

Was ich noch nie bedacht, will ich erwartend und bestimmend denken, was ich nie schaute, soll im Geborenwerden neuer Fabelhaftigkeiten nun geschehn. Ich lüfte vor mir selber die Geheimnisse, die noch im Unerschaffensein der Zeiten ruhn und atme ihnen, was ich eben mir ersinne aus der Fülle des Ersinnens zu. So leb ich in mir selbst und in den Dingen die von mir Gedanken sind. So lass ich ein Äon dem andern folgen und bewahr es wie es kam und kommt in meinem, Meine Fülle Aufbewahren.

Doch bin ich, ohne dass die Welle Zeit sich kräuselt, auch zurückgezogen in mein unberührtestes Gemach. Dort ruh ich in mir selbst und ruh in Seligkeiten unerschütterlichen Schweigens. Es ist, dass ich von dort nur aus mir selbst in schattenlosem Licht erstrahle und in den Strahlen sind die Güte und die Liebe die von mir zu allem fliessen, ohne Fragen. Es ist das Weilen unaufhörlich vor mich hin und kein Gedanke, nur Beglücktsein in mir selbst und im Verströmen dessen was ich bin in nie verebbendes Erweiten. Kein Oben oder Unten, Klein und Gross, kein Gestern, Heut und Morgen ist bekannt in meinem Dasein, das ICH BIN und das ich in mir milder, lichter und entzückender als Sonnenherrlichkeit gewahre. Nun soll es gut sein mit den Äusserungen, denn das Ungeäusserte ist die Idee des Reichtums, das noch nicht Geborene die noch viel grössere Fülle möglichen Geschehns. Erschweigend will ich mit der Seele Freuden trinken und im Erblühen ringsum selig in den Gärten des Elysiums ruhn.

1.14
Verzückung
Im Schauen fliehen die Grenzen meines kleinen, menschlichen Daseins mit rasender Geschwindigkeit von mir weg und ich gewahre im Licht der mystischen Verzückung Wahrheit an Wahrheit und Wirklichkeit an Wirklichkeit, des allgegenwärtig strahlenden Seins. Jetzt blicke ich vor und zurück in die Zeiten, jetzt sind mir die Räume, die unendlichen, nah. In der Benedeiung des Augenblicks geniesse ich das Vorrecht, vollkommen aus den Verstrickungen der Menschlichkeit gelöst, die Weltendinge, als wären sie Kristall, zu durchschauen und Hauch an Hauch mit dem Agens mich zu fühlen, in dessen Erregtheit oder Beruhn sich die Ereignisse meines Lebens vollziehn,

Dabei geschieht es, dass im Heiligtum des Selbstes weder Hauch an Hauch noch Wort an Wort sich schmiegen, weil in der Einheit Trennung nicht besteht und sich das Viele als das Eine doch erweist, das zu erkennen sich die Seele rühmt, im grenzenlosen Glück, das ihr zuteil geworden.

Das Offenbare lässt die Seele in sich selber wie die Sonne strahlen, das so ins Licht getauchte Sein entzückt sich an sich selbst und überschwebt die festen Formen mit der Leichtigkeit der Windsbraut, die die Sterne hütet im gelösten Haar.

Nichts anderes ist hier, als Glanz und Schweigen. Im Begreifen dessen, was wir in der Reife der Vollendung immerwährend sind, seh ich die Weltenwunder durch mein Sinnen strahlen.

1.15

Harmonisches Ineinandergreifen
Die wahrhaftigen Schönheiten sind die der Seele, die in ihrer Schlichtheit die Gegebenheiten des Lebens an sich als wertvoll und entzückend empfindet. In jeder, auch der einfachsten Verrichtung im Ablauf des Tages sieht sie ein harmonisches Ineinandergreifen von natürlichen Kräften, die sich in ihrer unermesslichen Vielfalt bedingen und ergänzen und so ein Ganzes darstellen, das einem einzigen Willen gehorcht und dem Erblühen gleicht einer einzigen, über alles gebreiteten Blüte.

1.16

Sang der Begeisterung
Die Delikatessen des Geniessens eines Augenblicks gereichen der Seele dann zum Wohl, wenn sie, von zarten Schauern bewegt, durchweht wird vom Gegenstand ihrer Lust, die Begeisterung ist und Bekömmlichkeit am bekömmlich gewordenen Leben.

Auf du und du mit der greisen Urmutter trällerst du Sympathien ins All und begreifst, warum sie es vorzog, ihre Schösse dem zeugenden Lichtstrahl nicht zu verbergen. Wenn sie auch niemand davor bewahren konnte, siebenfachen Plunder, Nachtgesindel und Mottenzeugs zu gebären, so sollte doch das Exquisite, das ihr entsprang alle Vernünftelei übersteigen, das brillantenfunkelnde Entzücken alles Larifarizeugs himmelhoch überwiegen und dem Kenner die Nase kitzeln, mit dem Odium der Erlesenheit, in dem das Vortreffliche einherkam, durch Brackwerk von Unlust, Nachtgejohle und Krabbentanz direkt ins unversehrt gebliebene Herz, wo sich Festliches aufwarf und glitzernde Wunderdinge sich jäh vor dem Auge entblössten.

Abgefahren der Katafalk des Verstörtseins zum finsteren Hades, vergessen, was lichtlos geschah und erwählt den einzigen, unmessbaren Moment, dessen Beglückendes wird zum Idol einer Saga, die fern noch in alternden Zeiten dem Geist sich aus Blütengedufte und Liedkreis gefällig erweist, wie die Schönen im Tanz sich dem staunenden Zephyr gefällig erweisen.

Geliebter der Götter, entschwunden, wie du erschienst, und Bezauberer jedes empfänglichen Herzens, dir weiss ich nur Dank und Verehrung. So flüchtig die Göttlichen sind, deinem Wesen gemäss sind sie doch und gestatten dem Herzen, sich allweil weiter vom Sang der Begeistrung zu nähren.

1.17

Selbsterkennen

Also ist die Bruderschaft der Menschen ein Geheimnis, das nicht vom Wort her, sondern nur im übersinnlichen Erkennen seine angemess'ne Deutung finden kann. Erst, wenn ein menschliches Individuum in jedem anderen, das ihm begegnet oder an das er denkt, sich selbst erkennt in der ursprünglichen, substantiellen Tiefe, in der jeder Unterschied von Geburt, Stand oder Rasse aufgehoben ist, kann es von sich sagen, den Begriff der Bruderschaft verstanden zu haben.

Ein solches Verstehen aber schliesst in sich, dass das was wir göttlich nennen, sich im Individuum selbst als das Göttliche erkennt und darüber hinaus im anderen Menschlichen und in allem Geschaffenen dasselbe Göttliche ebenfalls zu erkennen vermag. Unter diesem Aspekt begegnet eben das Göttliche sich selbst in den Begegnungen der Menschen und trauert, oder freut sich in sich selbst in den empfindsamen Geschöpfen.

In dieser Erkenntnis sind wir Gott, oder wenn wir so wollen "Götter in der Ausgefächertheit der Individuen", wobei uns das Gefühl der Absolutheit ebenso beseelt, wie das der relativen Kleinheit, weil wir ja nicht wissen können, ob wir uns in unserer Gotterkenntnis, recht bescheiden, erst in unserem Planetengott erfahren.

1.18
Vollendung des Teils und des Ganzen
Aus dem Absoluten strömt das Relative, aus dem Sein das Werden. Alle Wesen sind als Teile des Werdens auf dem Weg zur Vollendung. Je vollendeter ein Wesen ist, umso genauer erkennt es sich sowohl als Teil wie auch als Ganzes des Werdens, das in einem immerwährenden Prozess der Einheit des Seins entspringt und wieder zu ihm zurückkehrt.

Jene, die sich unentrinnbar mit dem Ganzen des Werdens identifiziert haben, erkennen, dass mit ihrer Vollendung als Teil auch diejenige des Ganzen einhergehen muss, und so sehen sie ihre Aufgabe gerade darin, nicht nur sich selbst, sondern auch alles andere Werden auf dem Weg der Vollendung zu fördern und ihm dieselbe Sorgfalt und Liebe zuzuwenden, die sie sich selber gewähren.

Aus der Logik dieser Überlegungen geht hervor, dass in den Regionen über der Menschenwelt so und soviele Wesen existieren müssen, welche ebenfalls und mit bedeutend höherer Einsicht für die Vollendung des Ganzen sich verwenden.

Menschen, welche sich dieser Tatsache bewusst geworden, sind, erflehen und erwirken die Hilfe der Höheren in ihre Lebensbereiche hinab und verursachen so weit grössere Fortschritte, als wenn sie sich nur mit ihrer, ihnen innewohnenden Einzelkraft einsetzen würden.

Das Bewusstsein der Solidarität zwischen allen Regionen des Werdens verschafft dem Einzelnen das Gefühl der Sicherheit und des Geborgenseins, das ihn, so sehr er sich noch auf dem Wege sieht, beglückt und stärkt in seinem Vorwärtsschreiten.

Auf höheren Vollendungs und Erkenntnisstufen beginnt das Werden ins Sein zu transzendieren; das Relative gerät in die Korona des Absoluten und damit in direkte Berührung mit dem Seligkeitsbewusstsein, das weder Zeit noch Raum, weder Form noch Bewegung, weder Licht noch Schatten kennend, in sich selber ruht und das dazu berufen ist, in sich die alles überstrahlende Erfahrung des ICH BIN zu tragen.

1.19

Prometheus

Gott und die Welt, Prometheus und die Unterwelt, Dimensionen, die Abgründe enthüllen; Opfersturz, welcher höchste Entfaltung gewahrt. Seelen strömen ins enge Gelass, voll himmlischen Sanges, der Erde kosmische Freuden zu künden. Unfähig soviele, dem Sang statt der Selbstheit zu glauben.

Weil Prometheus sie liebt, die Millionen, erfüllt er seine Daseinsmission, trägt Feuer ins Finstre, leidet Kette und Qual am fühllosen Felsen, ausgesetzt und geschunden. Seiner Herkunft gewiss erträgt er das Schicksal titanischen Willens, verspendet dem Fortschritt sein tägliches Blut.

Dimensionen der Liebe. Im Weltsein durchzuckt sie der Schmerz; die Zerrissne wehklagt im gewaltigen Stauchen. Verraten, genarrt, in die Wüste getrieben, beharrt sie im Kern und durchleidet die Nächte des Grauens.

Das Lichte obsiegt. Die Gegenkräfte sind Zacken der Läuterung. Katharsis wirkt Klarheit. Der Strahl des Erkennens bricht durch und befördert die Seele im

Schaun. Versöhnlichkeit blüht, aus den Trümmern ein Lichtkreuz, von Ferne sind Sphärenstimmen zu ahnen.

Raupe der Engnis zerbricht und der Falter entschwebt im Wunder der Wandlung; das Wissen der Freiheit beglückt. Selig geworden durchtaumelt er heitere Lüfte, berauscht sich an Düften und Klängen und zieht sich vom Schweren ins Himmlische los.

So hebt sich die Seele vom Leid ins Verklären, erhebt sich ins Schweigen vor Gottes erstrahlendem Thron. Sie findet die Flamme in sich und erlebt sich als Selige, dankend dem ununterbrochenen Wohl. Es schliesst sich die Spanne zur Einheit, die alles im Lichte umgreift. Und die Chöre der Engel sind eins mit den strahlenden Menschen. Kristallen ist alles geworden im Wehen der Reinheit, ergreifende Liebe durchflutet die Wesen im Schosse der Gottheit und birgt sie, sich selber zu bergen. Das Alfa und Amen erfüllt sich im Kreis der Vollendung. Es jubeln die Sterne dem Sternstaub Begeisterung zu. Bewegtheit und Ruhe sind eines im Wirbel der Welten, die Götter sind Gott indes Schauens erhabenem Ziel.

So ist das ICH BIN in sich selber das Seien und Werden in allem was ist und bewahrt sich im Kleinsten und Grössten die Freude und Liebe im Walten und Ruhn.

Amen, amen. Gelobt sei das Oben und Unten, in Einem ist Gottwelt und Weltgott im Schöpfergeschehn. Halleluja ist alles und Singen und Staunen des Gotts in sich selbst und im lebend gewordenen Gottbild in Menschengestalten.

2

Erkenne deine Kraft

2.1
Ruhelosigkeit und Ruhn
Der Ruhelosigkeit absolute Ruhe entgegensetzen müssen wir, damit die guten Geister durch uns rege werden können. Ihren hohen Ansprüchen genügen wir nur im Zustand vollendeter Seelenstille und mit dem Bewusstsein, dass wir vollkommen frei sind in allen Bereichen unseres Daseins.

Die Geistwesen können nur das Bewusstsein wirklich freier Menschen in sich aufnehmen und ihnen Erkenntnisse vermitteln, die ihrem erhabenen Schauen angemessen sind.

Trachten wir also danach, grossartige Gedanken über das Leben hier auf diesem Planeten und im ganzen Universum zu entwickeln und bringen wir uns damit bewusst in jene Schwingungen, die dazu angetan sind, den hohen Wesen zu gefallen, weil sie ihnen gleichgestimmt sind. Stellen wir uns den Plänen, die sie hier verwirklichen wollen, zur Verfügung und handeln wir in ihrem Namen, so gehören wir zur grossen Bruderschaft der Seienden, welche nur gute Werke im Sinn der Evolution verrichten und welche schon in ihrer steten Herzensfreude zu den Seligen gehören.

2.2
Seelenfreiheit und Gelassenheit
Traust du dir zu, nichts zu denken und dich von Gedanken höherer Ordnung bewegen zu lassen, wirst du fähig, in kontinuierlichem Sprachfluss Dinge zu sagen, die dem gewöhnlichen Intellekt verschlossen sind. Um diesen Zustand zu erreichen, braucht es Seelenfreiheit und Gelassenheit, heiteres Dasein, als wärest du nicht da, Beschwingtheit und Gelöstheit sondergleichen. Ob du nun zum Schalkhaften neigst oder zum Ernsten, immer gleiten dir die Worte in Leichtigkeit und in schönster Prosa über die Zunge und beleben das lebendige Dasein. Ähnlich wird Musikgestalt empfunden im Melodien-

reichtum und im duftigen Reigen Ton an Ton, ein farbenprächtiges Gewoge.

So wandert denn der Sinn von einem Ding zum anderen und tut sich gütlich an den schönen Bildern, die entstehen und vergehn. Wie satt sind oft die Farben und wie kräftig die Bewegtheit die sich zeigt, im lauschenden Gewahren. Dann wieder sind es kaum bewegte Töne in verzärteltem Pastell, die wir in Abendsonnenbildern sehn.

Dahin und noch darüber hinauszugehen ist unserer Freude Klingen in der Zeit, in der wir ernten, was wir kaum gesät und was wir tief als Seligkeit empfunden haben.

2.3
Motivation zum Vorwärtsschreiten
Eine besondere Leistung in bezug auf ihre Wesensbildung zu vollbringen, fällt den meisten so schwer, weil sie eben durch ihr persönliches Ich, in dem sie noch gefangen sind, zu dieser Leistung überhaupt nicht motiviert werden. Dies ist eine logische Erscheinung, denn das persönliche Ich ist ja in sich selber darauf angelegt, sich zu entfalten. Der Mensch möchte und muss sich in der Welt und im Leben behaupten, damit er vorwärtskommt und seine Tage nicht umsonst verbracht sind.

Die grosse Versuchung aber für den Menschen ist die, dass er im Sinnenfälligen vollständig aufgeht und weder andere Erkenntnisse sucht noch gelten lässt als diejenigen, welche er aus seinen Lebensgewohnheiten gewinnen kann.

Wieso soll er sich mit irgendwelchen Übungen abmühen von denen er nicht weiss, was sie bewirken. Man könnte diesen Menschen sogar recht geben, wenn sie dabei von Herzen glücklich und zufrieden mit sich selber leben könnten.

Das wird aber kaum der Fall sein, denn das persönliche Ich mit seiner Eigendynamik, welche alles erreichen, umfangen und gestalten will, führt den Menschen von selbst an harte Grenzen, die er nicht überschreiten kann. So sieht er sich gezwungen, nach anderen erfolgreicheren Lösungen zu suchen.

Die dargelegte Gesetzmässigkeit führt jeden früher oder später dazu, sich dem Sein zu weihen, dem er entsprungen ist und in das er wieder zurückfluten soll. Wirkliche Änderungen können aber nur in dem Mass vollzogen werden, in dem ein Mensch erkennt, dass sich alles so realisiert wie er es in seinem Bewusstsein trägt. Es darf für ihn dann nie mehr ein Nein geben und ein „das ist nicht möglich", oder „das kann ich nicht", wenn er weiss, dass er die schöpferische Urenergie lenken kann zu seinem Nutzen oder Schaden.

Das Erreichen immer höherer Seinsstufen verleiht ihm soviel Kraft, Bewusstsein und Freude, dass er als ein Strahlender einhergeht in einer Welt der Unkenntnis und des Haders und von seinem Reichtum allen austeilt, die sich um Erkenntnis mühn.

2.4
Spürst du Widerstreben

In einer Unterhaltung Laotse's mit einem anderen Weisen, der, um sich belehren zu lassen, zu ihm gereist war, stellte Laotse die Frage: "Spürst du Widerstreben? Über die Jahrtausende zu uns gekommen, ist dieser einfache Satz ein sicheres Indiz dafür, dass der Fragesteller das Sein erfahren hat, denn wer sonst würde sich wohl mit solchen Fragen beschäftigen.

Jeder vernünftige Mensch erklärt doch, natürlich spüre er Widerstreben, wenn ihm etwas nicht passe und er fühle sich zu dem hingezogen, was ihm lieb und teuer sei. Aber das sei ja eine ganz natürliche Erscheinung des Lebens, über die man sich nicht weiter auslassen müsse.

Der Weise hingegen erkennt, dass eben nur derjenige Widerstreben erfahren kann, der sich auf der Ebene des niederen Selbst bewegt. Ein Wesen, das sich über diese

Ebene erhoben hat, vollbringt seine Menschentaten im Bewusstsein der Einheit mit allem was ist, d.h. er akzeptiert die Umstände, in denen er lebt und die ihn zu den meisten seiner Taten führen. Seines Hierseins Ziel ist es ja gerade, dass er sich in Redlichkeit bemüht, die ihm aufgetragenen Pflichten in freier Entscheidung so vollkommen wie möglich zu erfüllen, ohne den geringsten Widerwillen zu spüren gegen sie und gegen jene, die ihm Aufgaben gestellt haben.

Auch die niedersten und die scheinbar nutzlosesten Arbeiten erhalten für denjenigen, der sie ausführt, einen Sinn, wenn er dabei lernt, keinen Widerwillen in sich aufkommen zu lassen. Bei solchem Tun schult er sein Bewusstsein in der Weise, dass er allmählich mit diesem über sich selber steht, d.h. dass er sein niederes Selbst beobachten und nach Belieben lenken kann.

In diesem Entwicklungszustand seines Wesens wird er dann auch seine freie Zeit, in der ihm keine Pflichten auferlegt sind, wahrhaft nützlich verbringen. Denn er wird sich nicht einfach von seinen Gelüsten ins erstbeste Vergnügen jagen lassen, sondern er wird das, was in ihm leise nach Erfüllung ruft, zu verwirklichen trachten, und gerade das braucht wieder Überwindung des Widerstrebens, von dem wir mit unserer Frage ausgegangen sind.

Schreiten wir also zum freiwilligen und freudigen Verrichten aller unserer Taten und nähern wir uns so den Wesen, welche das Sein erkannt und darin ihre Seligkeit gefunden haben.

2.5

Distanz von den eigenen Angelegenheiten
Wem es gegeben ist, Distanz von den eigenen Angelegenheiten zu gewinnen, der kann seine Überlegungen auf beliebige Ebenen des Daseins anwenden und in diesen seiner Einsicht gemäss wirksam werden.

Natürlicherweise wird ein Wesen des Planeten Erde seine Aufgabe darin sehen, auf diesem wirksam zu sein. Er kann aber als individuelles Bewusstsein seine Vorstellungen ebenso im örtlichen Sonnensystem entfalten. Indem er sich einschwingt in das Bewusstsein der höheren Evolutionsträger nimmt für ihn auch der Zeitenfluss ohne weiteres die Dimension von Äonen an, während denen die grossen Kräfte mit unaufhaltsamer Zielstrebigkeit ihre Wirkung ausüben.

Fasst er aus dieser Sicht die Entwicklung des Planeten Erde ins Auge, so fällt ihm auf; wie wenige von dessen Bewohnen sich um das Gesamtwohl kümmern, obwohl eine Gesetzmässigkeit herrscht in der Weise, dass mit der Hebung des Gesamtwohls sich auch das Wohl des Einzelnen hebt.

Damit diese Erkenntnis allgemein werden kann, muss sich das Bewusstseins-Zeitalter erfüllen, welches eine Episode in viel grösseren Entwicklungsperioden darstellt, denen die Wesen auf dem Planeten Erde unbedingt unterworfen sind.

Es besteht also gesamtweltlich kein Anlass dazu, von einem unaufhaltsamen und allgemeinen Niedergang ins Untermenschliche zu sprechen. Die herrschenden Zustände können jedoch eine Verzögerung der Evolution bewirken, die, von den Menschen in ihrer kurzen Inkarnationszeit angestossen, eine Wirkung bis in die kommenden Jahrtausende hinein entfaltet.

2.6
Die lenkende Kraft, die wir darstellen

Solange wir uns selbst als die Kraft verspüren, welche das, was wir darstellen, lenkt, ist alles gut. Ob wir dann bei der Verrichtung unseres Werkes ins Schwitzen kommen, oder ob wir uns die Stunden, die dafür nötig sind, vom gemütlichen Dasein abstehlen, wird dann nicht mehr in Betracht gezogen. Das Werkzeug Mensch, dessen klar definierter Führer wir geworden sind, hat zu gehorchen, selbst wenn es sich dabei verbraucht oder gar zerstört werden sollte. Die lenkende Kraft, die wir darstellen, weist eine in sich kompakte Persönlichkeitsstruktur auf, die sich weder hier noch dorhin dirigieren lässt und die in ihrer Souveränität himmelhoch über allen irdischen Gepflogenheiten steht.

Dieses Ich kennt keine Herren, weder über noch unter sich. Es verlangt weder Lob noch Trost und gestaltet seine Unternehmungen in freier Absicht ohne je um Hilfe oder Rat zu fragen. Es kennt weder Furcht noch Zögern und sein Ratschlag gilt allein ihm selbst, denn niemals wurde es versucht sein, andere zu bekehren.

Es versteht zu lächeln über sich selbst und spielt mit dem was ihm zugrunde liegt auf überaus ergötzliche Weise. Wie schöne Blüten bringt es Pracht hervor und tanzt und singt, wenn's ihm gefällt, mit seiner eig'nen Welt im Reigen.

Weder für dieses Besondere noch für jenes ist es da, weil es die Hintergründe kennt und weder motiviert noch gebremst werden muss in seinen Taten. Es *ist* und trägt was es darstellt bis an alle Grenzen und darüber hinaus, indem es keine mehr gelten lässt in seinen Bezügen.

Deine Kraft, dein Ich sollst du erkennen und schon bist du gerettet, wie an den eigenen Haaren aus dem Sumpf gezogen,. Lass es gut sein und versuche dorthin zu kommen wo du dich selber lenkst und wo du frei bist in der Freiheit der Erlösten.

2.7
Kontinuität der Wesensentfaltung
Mit zunehmender Bewusstheit erkennen wir mit erstaunlicher Prägnanz, was wir in dieses Leben hineingebracht haben und was wir durch unsere eben ablaufende Entwicklung in zukünftige Leben hineintragen werden.

Im Zusammenhang mit der Betrachtung unseres individuellen Daseins ist es genauer wenn wir, anstatt von Leben und Tod, von einem im Unendlichen stattfindenden kontinuierlichen Substanzgewinn des evolutierenden Wesens sprechen.

Da die Kräfte des Seins ein Reservoir von unauslotbarer Tiefe darstellen, vollzieht sich auch die Entwicklung jedes Wesens, das direkt an diese Kräfte angeschlossen ist, in überwältigend grossen Dimensionen, sowohl in Bezug auf das, was wir aus unserer Sicht den Zeitablauf nennen, wie auch im Hinblick auf die Möglichkeiten des Sich-Entfaltens.

Die Menschheit ist ein in sich geschlossenes Wesen, welches aus gleichartigen Elementen, den Menschen, zusammengefügt ist und welches sich in der Kontinuität des zunehmenden Wissens, der Erfahrung und der Selbsterkenntnis der einzelnen Glieder, wie auch des Ganzen entfaltet. Dabei ist es notwendig, dass dieselben Menschen ihre Entwicklung auf diesem Planeten äonenlang in sich überlappenden Inkarnationen fortsetzen.

Es entspricht dies auch dem ökonomischen Kräftehaushalt, der sich in allen Teilen der Natur offenbart. Dieser wird vom globalen Unterbewusstsein wie auch vom Unterbewusstsein der einzelnen Menschen so gesteuert, dass sowohl die Anforderungen an die individuelle als auch an die globale Wesensentfaltung in optimaler Weise erfüllt werden.

Gelingt es einem Wesen, zu erkennen, dass seine jetzige Situation von seinem früheren Verhalten gebildet wurde, so wird es tunlichst darauf achten, in der Gegenwart nur noch positive Impulse zu setzen, welche ja, wie es weiss, in die Zeitlosigkeit hinein, also ohne jede Begrenzung, fortwirken.

Diese Aussicht kann sowohl befreiend und beglückend, wie auch lähmend wirken auf unser Tun; doch bringt uns gerade das Überwinden des negativen Aspektes unserer Möglichkeiten einen enormen Gewinn an Dynamik und Selbstsicherheit, welche dazu führen, dass die positiven Aspekte ein kaum mehr anzutastendes Übergewicht gewinnen.

Mit solchen Erkenntnisvorgängen geht natürlich die richtige Einschätzung unserer Selbstheit einher, welche vom kleinen, in sich selbst geschlossenen Ichbewusstsein zum Bewusstsein der All-Einheit fortschreitet und in der letzten Konsequenz auch die grössten polaren Gegensätze in sich aufzulösen und zu einem glückseligen Ganzen zu vereinen vermag.

2.8
Das höhere und das niedere Ich
Sage: „Meine Weitsicht wird sich wandeln, wenn ich in die Weiten seh".

Das superprovisorische Leben führt uns in die unmöglichsten Situationen und Lebensverhältnisse hinein. Solange wir zwischen höherem und niederem Ich nicht zu unterscheiden vermögen und vollständig im niederen Ich stecken, können solche unlösbar scheinenden Situationen verheerend und lähmend auf das Individuum wirken, sodass es seine Tage in Seelenqualen verbringt, von denen kein Ende abzusehen ist.

Weiss einer jedoch, dass es in solchen Situationen das Nützlichste von der Welt ist, sich voll Vertrauen an das höhere Ich zu wenden und es um Lösung der Verstrickung zu bitten, ja diese Lösung, wie immer sie sei, mit absoluter Sicherheit schon vor sich zu sehen, dann ändert sich die Situation, weil sich im Grund genommen das Wesen selbst befreit aus seinen Nöten.

Es braucht aber viel Geduld und guten Willen zu solchem Tun, denn schwere Verformung muss mit schwerem Gewicht geglättet werden.

2.9

Das Individuelle und das Eine
Es gibt ein genaues Erkennen, welches besagt, dass jedes individuelle Bewusstsein im Raum seiner Erkenntnisfähigkeit vollkommen autonom und einmalig, eben individuell ist. Es bestehen keine kongruenten eigenständi-

gen Bewusstseine. Dabei müssen wir uns vorstellen, dass solche Bewusstseine sich während Äonen zu dem gemacht haben, was sie heute sind.

In bezug auf die Gestaltung ihrer Zukunft stehen ihnen alle Möglichkeiten offen, die sie ergreifen wollen. Es steht ihnen also frei, das Gute oder das Destruktive zu wählen. Alles Individuelle aber ist, wie die Traube auf den Rebstock, auf das Sein gepflanzt und ist mit diesem, also mit dem universellen Bewusstsein, untrennbar verbunden. Solange ein Wesen das Bewusstsein ausschliesslich auf sein individuelles Dasein gerichtet hält, kann es nicht erkennen, dass seine Existenz, wie eigenständig sie immer sein mag, einen integrierenden Bestandteil des universalen Bewusstseins darstellt.

Gewinnt das individuelle Wesen aber die Erkenntnis seiner gleichzeitigen Universalität, so beginnt es logischerweise aus ganz anderen Motiven heraus zu handeln, als es vordem zu handeln gewohnt war, denn das Universale trachtet danach, seine Universalität als Ganzes zu entfalten und wird somit keines seiner Wesensglieder in der Entwicklung vernachlässigen wollen.

Die Freiheit eines zur Universalität entwickelten Wesens besteht dann darin, dass es sich seine Ziele im Rahmen der Entwicklungsabsichten des universalen Bewusstseins setzt und somit bestimmt nichts mehr unternimmt, was anderen Individualitäten in ihrem Fortgang schaden oder wehtun könnte. Vielmehr versucht es, in allen Lebensbereichen fördernd und wohltuend zu wirken, womit dem Individuellen aus dem Ganzen heraus am besten gedient ist.

2.10
Polarität und Sein

Die meisten Wesen sind dazu geneigt, ihre Erkenntnisfähigkeit als gegeben und unveränderlich hinzunehmen, und sie schliessen sich damit in einen Raum ein, dem sie nicht so leicht entrinnen. Was sie von sich selber und von ihrer Umgebung wissen ist das Bildnis ihrer Welt, das sie zwar durch stetes Aufnehmen neuen Wissens ergänzen, über das sie aber, weil dazu der Sprung in eine neue Dimension nötig wäre, nicht hinauskommen. Behauptet nun einer, er befinde sich in einer anderen Dimension, so nehmen sie ihm das nicht ab, ja, können es ihm nicht abnehmen, weil für sie diese andere Dimension eben nicht existiert, und so scheint eine unüberbrückbare Kluft zu bestehen zwischen dem einen und dem anderen Schauen.

In Wirklichkeit besteht aber dieser unüberbrückbare Abgrund nur zwischen den ins Offenbare getretenen Polaritäten. Wenn sich zwei Wesen, oder auch nur eines von ihnen, in die Richtung des Seinszustandes bewegen, so geschieht in ihnen oder in ihm ein sich Näherkommen, das sich dann vollkommen erfüllt, wenn beide den Zustand des Seins erlangt haben. Es gibt nur diesen Weg, aus den Verstrickungen ins Bildnishafte des Materiellen herauszukommen und so einer Illusion zu entgehen, die uns immer wieder narrt und uns ins Leid stürzt, sobald wir unser Beschränktsein erkennen.

2.11
Die Macht des Absoluten in den Gedanken
Die Gedanken tragen in sich die Macht des Absoluten. Solange ihre Bildhaftigkeit aufrechterhalten wird, sind sie wie wohlgenährte Ströme, welche dem Gesetz der Schwerkraft gehorchend, und sei es in gewaltigen Mäandern, doch ihr Ziel, das Meer, erreichen.

Die grossen Triebkräfte der menschlichen Natur, Gedanke, Wille und Gefühl als in uns wirkende gesonderte Wesen zu erkennen, ist eine der grossen Errungenschaften der Menschen. In solchem Erkennen liegt auch die Möglichkeit, mit diesen Kräften richtig umzugehen und sie ins rechte Mass zu setzen, d.h. in ein Weder-

Zuviel-noch-Zuwenig, aus dem schlussendlich Harmonie und Lebenslust entspringen.

Die Realität dieser Kräfte an die erste Stelle und die aus ihnen hervorgehenden Wirkungen an die zweite zu setzen ist jedem Menschen als Aufgabe mit auf den Weg gegeben, deren Lösung ihm das Geistige aufzeigt, das im Körperlichen wirkt in einer Einheit, die wir als zwei Bestandteile (also als Geist und Materie) wohl erkennen, niemals aber voneinander trennen können.

Unser überbordendes Sehnen nach materieller Sicherheit muss, wenn es nicht von ebensolchem Streben nach Geistigkeit begleitet ist, immer Schiffbruch erleiden, denn es missachtet das grosse Gesetz der Einheit aller Erscheinungen als Materie und Geist, wobei es wohl treffender wäre zu sagen, dass unser ganzes Sein aus mehr oder weniger dichter Geistigkeit besteht,

Unser Wille zum Fühlen und Denken entspringt dem Göttlichen, dem Sein und offenbart uns das Wesen der Geistigkeit und damit unseren Zusammenhang mit den höheren Welten. Haben wir dieses erkannt, so ist es nur noch ein geringer Schritt zur Überzeugung, dass in der Gedanken- und Gefühlswelt alle Dinge sich berühren und dass es Wesen geben muss, die unser So-Sein lesen und erfahren können.

Schlussendlich geht es nur darum, dass wir diese Erkenntnis in ihrem Wirklichkeitsgehalt ernstnehmen und danach handeln lernen. Dann haben wir viel erreicht auf unserem Weg zur Selbstbesinnung auf die göttlichen Kräfte, deren Träger wir sind und die sich in uns und als uns irgendwann zum Selbst Bewusstsein führen.

2.12
Licht und Schatten

Durch das Licht entstehen Schatten, aber durch die Schatten kann kein Licht entstehen. Über diese Gesetzmässigkeiten lassen sich einige schöne Gedanken formen. Wenn nämlich die Schatten kein Licht hervorbringen können, so stehen sie in ihrer Qualität unter derjenigen des Lichtes und diese Feststellung kann uns zu einer bedeutenden Erkenntnishilfe werden in unserem Dasein.

Wir können nämlich in einer Analogie die Mächte der Finsternis als die Schatten bezeichnen, welche durch das Licht hervorgebracht werden. Da sie aber in ihrer Qualität geringer sind als die des Lichtes, werden sie ihm nie ebenbürtig sein und es nie besiegen können.

Als individuelle Wesen, welche zwischen dem Lichten und dem Finsteren zu wählen haben, ist die Entscheidung für das Licht zugleich eine Entscheidung für den Sieg in einem ungleichen Kampf in dem das Licht auf jeden Fall die Oberhand gewinnen muss.

Wir können auch das Sein, aus dem alles hervorgeht, als Licht bezeichnen, um nur darzulegen, dass es eben über dem Reich der Dualität etwas gibt, das in seiner Absolutheit unantastbar ist. Sobald wir unser innerstes Wesen als Teil dieses Unantastbaren erkannt haben, wird es uns nicht mehr einfallen, darüber zu spekulieren, ob wohl je die finsteren Mächte über die lichten die Oberhand gewinnen könnten. Dieses Ereignis kann nur in einzelnen Teilbereichen der Evolution und sei es durch Äonen auftreten und ist diesen sogar in dem Sinne nützlich, als es das Lichte dazu anspornt, seine überragende Kraft zu beweisen.

Seien wir uns dieser Zusammenhänge stets bewusst in unserem täglichen Leben und gewinnen wir daraus die Überlegenheit über die Kräfte, die die Welt ins Ungeordnete verstricken wollen, sowie eine immerwährende Freude am Sein.

3

Verlockung klingt in dir

3.1

So sei denn, was du bist in Meiner Stärke deiner Seinsgestalt Entzücken und bleibe, in Mein Sein gegossen, ganz Persönlichkeit und Wesen. Dir selber reiche du die Hand, indem du dich dir gibst, indem Ich Mich Mir gebe in deines Heiligtums Gestalt, erblüht zu neuem Menschenweltsein, in erschütterndem Ertragen.

Gleichen Sinns Gebärde durchflutet alle Dinge Meiner Seinsgewissheit, sie zu Mir erhebend, ihrer Wesenhaftigkeit gemäss. Strahlende des Augenblicks, Ich seh dich deine Seele ins Unendliche der Liebeskraft verströmen, deiner Selbstheit lauschend, ins Gestilltsein deines Stilleseins getaucht, dem Reifen zugetan. Du Glückliche ergibst dich Meinem Werben um Gelöstheit von den Lebenssorgen, Meinem Aufruf um Vertrauen in die Unbedingtheit Meiner Gaben.

Sei, und sei in Mir vor jeder Unbill des Geschehns in namenloser Seligkeit geborgen.

3.2

Seinsglut, alle Lieblichkeit von Erd und Himmel, Lichtgespinste der Natur, Mein Leben, Meine Freude, Herzempfinden, Denken und Gefühle leg Ich dir, Gewahrende der Gottheit, in den Seelenschoss empfangender Vertrautheit.

Wie der blanke Sonnenstrahl durchfahr Ich deiner Gründe vielgewohntes Tal, darein die Zärtlichkeit zu legen. Vom Sein Begrüsste stehst du, tief bewegt, im Glücksbann der Verheissung, die Ich dir verleih, in Morgenröten reichgeschmückter Tage.

Leis, leisen Trostes nehm Ich dir des allerletzten Weinens Tränenglanz von Aug und Wangen und begabe dich mit soviel süsser Weichheit, dass du seliger denn je in lichten Seligkeiten schwebst.

Du Holde, Meinem Sein verwandte Friedensblüte, wie beglückst du Mich, indem du dich beglücken lässest von der Feinheit feingestimmtem Ton in deines Herzens Beuge.

Bild behüteten Besinnens trachtest du nach Stille in Gestilltheit; leis bewegten Odems lässest du das Jetzt entzückt an dir vorüberziehn.

Staunend Bin Ich deines Staunens Innheit, deines Fühlens Lust, indem Ich deiner Seele lodernde Essenz Bin. Wach Gewordener in dir, berühre Ich Mich selbst in deines Schauens Tiefe, strahlenden Erkennens, und gewähre dir, indem Ich's Mir gewähre, heiteres Glückseligsein im lichtbegnadeten Azur.

Gespinste wunderlicher Dichte will Ich um dich weben, dich verzärtelnd noch und noch, und Meines Flügels Flaum soll dir im Schweben des Errötens Liebeleichtigkeit verwehn.

Vor aller Zeit bewegte Ich dein Herz, dass es zum Tönen sich erhob und nun beweg Ich's wieder, dass es klinge, höheren Schwingens, in des Erinnerns Bläue wie von Schleiern in die Ätherluftigkeit gelegt. Nun sei in Mir dir selbst gewiss in Glanz und silberhellem Schweigen.

3.3

Mir selber offen, reiss Ich dich in Meine Tore, Himmelsbürgerin. Sieh auf die Kerze und den Stern, es ist Advent im Herzensflehn. Freude, Freude sprudelt aus der Mitternacht voll Seinslust ins Erstrahlen. Eine Botschaft dir ins Herzblut, unvergoren. Wind des Überschwebens, sonnfroh, seelenglanzdurchzogen.

Hüllkraft schweigenden Erhebens ins Unendliche. Beseligung im Wesen Meiner Ruh dem Lächeln der Glückseligkeit ergeben.

3.4

Ich bade dich im Ratschlag der Unendlichkeit, dich rein zu sehn, du Reine. Bedecke dich mit Himmelsleichte wie mit Engelsflaum aus luftigem Genügen. Hauch der Stille lass Ich vom Aetherium in deine Seelenfülle fahren. Was dir frommt entzünde Ich in deinem Lauschen. Was die Seligkeit in dein Erinnern fliessen lässt Bin Ich im Klingen deiner Harmonie. Erwählte vieler Freuden, lass dich von Mir in die Mitte des Empfindens führen. Sei, indem du bist, was Ich in dir erlebe. Walle wie die Frühlingsknospe vor dich hin, dein Sein in Meine Wirklichkeiten zu vertun. Geliebte Meines Schauens, Ich verheisse dir Entzücken mehr und mehr an Seinslust, die Ich deiner Art ins Angedeihen lege. Öffne dich, dass Ich dein Hingegebensein dem Zauber der Holdseligkeit vermähle.

3.5

Dem Sein ergebene Gespielin vieler Wellen vor dem Tor. Des Tempels Neuwert spricht dich an in filigranen Tönen. Öhrchenspitzen sei die Geste deiner Neigung, Lächeln deines Mündchens liebelichtes Sich-Verziehn. 0 Seligkeit im schauenden Entfliessen der Gefühle. 0 Trautheit im Empfinden dessen, was uns nährt. Dein Hang zum Sternenlichten sei gepriesen, dein Hingegebensein erfülle sich im Seelenlohn, der im Durchströmen deine Weiten überwallt. Sei in die Freude des All-Seins entbunden. Vermehre, was die Liebe scheu in dich gesät und sei, vom Weltsein in die Universenwirklichkeit geflossen.

3.6

Erhebendes Gefühl im All zu schweben, irgendwo, im Azurblick die Näh und Ferne zu vereinen. Ich trete aus Mir selbst hervor in dir, prachtvolles Vöglein, deine Farbenfedern angemessen dem Gesetz der Harmonie. Der Seele Abendglockenläuten hüllt dich ein in Wogen glitzernder Glückseligkeit, der Wölbung Meines Inneseins entflossen.

Da Ich dich denke, widersteh Mir nicht. Ich habe dich in Meinem Schoss schon seit Aeonengültigkeit getragen. Trautheit im werdenden Gedenken strömt in deine Sinnkraft. Meiner Züge Unterpfand erlächelt sich Bedeutsamkeit in dir.

Gerechte trag Ich auf den Fingerbeeren. Mit samtner Sanftmut schmück Ich ihre Tage, allsobald sie sich in Mir verlieren. Du Reizende, ein Stäubchen Tau Mir im Geäste. Seinsgeglitzer vor dem Augenwimpernschlagen Meiner Merksamkeit. Im Kreis der Kreisenden seh Ich dich taumlig Meines Taumels Sausebrand erleben.

Wählen sollst du Mich, wenn du Gedanken wählst, sonst werden die Gedanken koboldhaft dein Zaudern hintergehn. Wache. Eh du es versiehst sind Räuber in dein Netz gebrochen. Denk sie fort, indem du Licht denkst Meinem Gnadenlichte zu.

Ich stille dich, zur Mutterbrust ein süsses Kindchen, fabulierend Süssigkeiten vor Mich hin, dich in die Schwebeleichtigkeit zu tragen.

Komm nun herein in Meine Gründe, Abend will es sein, dass du Geborgene dich nennen magst im wohlbehüteten Ergeben.

3.7

Ich Bin von Liebeszartheit eine See. In seidenweiche Artigkeiten bett Ich dich, die Seelendichte dir zu laben. Komm und sei, indem du Beute wirst der Gleichheit Meiner Züge. Genügen sollst du dir, so wie du Mir genügst, Verwandlerin.

Mehr nicht. So wenig auch gesagt ist. Streich's und still dich an der Stille kräftefüllendem Genügen. Vergnüg' dich wortelos, du Schweigerin.

Amen ström Ich in dein Wesens Fühlreich. Sing Harmonien, weiterschwingende, ins unermessne Feld der Fernen.

3.8

Ein Ostergruss in Friedensklängen soll dein Herzblut nähren. Aus der Schale der Geduld geb Ich dir, was Ich hab, zu trinken. Leise, leise klingen Meine Züge Sanftmut in die deinen. Leg das Köpfchen samt den Tränen zu Mir hin. Ich tröste sie hinweg mit Meiner Güte Gaben. Bald wirst du mit Mir in die Freude auferstehn. Gewiss, Ich lächle dir Holdseligkeit entgegen, durch das Weh. Es blühen schon in goldnen Scharen Osterglocken auf der Flur, dem Sonnengruss dahingegeben. Segnender Gebärde breit Ich Meine Arme über deine Welt und lass aus offnem Herzen rubinrote Liebe zu ihr strömen.

3.9

Morgenweih. Zum Duft der Andacht erhoben, erweis Ich dir Wachheit in Meinem Vollbringen. Du, Wesensgleiche Meiner Trilogie, bist in Gelassenheit und Frieden in Mein Sein gesenkt, dass Ich dich liebelicht durchströme. Du Beseelte Meiner Pracht gewährst Mir, dich mit Seligkeiten zu durchwehn.

Es ist der Glanz des Himmels, den du siehst in deinem Allgewahren, die Liebe Meines Herzens ist es, der du inne wirst in deiner Sehnsucht Weh.

3.10
0, dass du weilend in Mir bliebest, lupenrein, von Klarsicht durch Mein Innesein getragen. Alle Freude des Erfahrens Meiner Güte schenk Ich dir. So leicht, ein zierlich Spielen ist das Leben, wo's in die Fülle Meines Spielens sich ergibt; so schwebeleicht sind alle Dinge Meiner Ruh.

Wer hält sich an Mein Halten, wer an Mein Können, dass er wahrhaft kann? Der Einsicht geb Ich Weg, dass du, verführt von Meinen Künsten, nimmer zagst und aufrecht durch die Tage Meiner Hoheit schreitest.

Gib dich in Mein Führen; entwinde dich den Zügeln deiner Eigenwilligkeit und tauch in Wesensharmonie mit dem was Ich dir Bin, indem Ich dich bescheine.

Tau von Meinem Tau sollst du Mir werden, Strahlende von Meinem Glanz im ewigen Umfangen. Du schlichte Auserwählte Meines Sagens, dem Wortklang hingegebenes Juwel, umbrausen will Ich dich mit stürmischem Betragen, um dich zu stärken in den Gründen deiner Seel. Von vielgestaltiger Festlichkeit umwunden sei deiner Tage wohlgesetzter Schein, dir Mein Gewalten zu bekunden zutiefst ins Menschensein hinein. Vernimm wie Feuer was Ich dir besage und trink's, berauschend dich, wie Perlenwein, dass Ich dich, eine Trunkne trage zu Meinem allerhobnen Sein, wo du, beglückt im innigsten Gesunden, dich an Mein Wesenskleid vertust und in ihm, kostend unerhörte Runden, in reinen Seligkeiten ruhst.

Graziella der sieben Sterne nenn Ich dich, Behüterin befreiter Gaben an des Sonnenherzens Wohl. Ich klinge, singe dich mit Zärtlichkeiten an voll Süsse, dich zu verzaubern in den Jubel reichen Glücks aus Anmut und Begaben. Allein, Ich lass dich schweben unbeschwert in deinem Los und lös Mich auf ins schweigende Vergluten.

Heiterkeit und Güte leg Ich freudig vor dir nieder, überströmend dich mit Seinsgold wunderbar in nie verebbendem Beschenken.

3.11

Allweisheit überschattet dein gewinnendes Gebaren. Die Zärtlichkeit des Seins umhüllt dich immerzu in deines Herzens staunendem Erfahren.

Süsse Herzweih wo Ich deine Innigkeit berühr, ein lachendes In-dir-Erstrahlen. Voll Zartheit trag Ich Blütenkelche vor dich hin, dich mit dem Klang der Himmelsdüfte zu versehn. Komm Lauschende in Mein Umarmen und gewähr dir Schutz in Meines Seins beglückendem Revier. Ich trage dich zu seligem Vollenden. Gestilltsein in der Stille sei dein Los und ein zutiefst erfahrnes Jauchzen. In Mich geschmiegt erheb Ich deiner Seele Anmut zu den Höhen der Beschaulichkeit und weihe dich dem Sein in Meiner Allheit, wo Du Bist.

Verlockung klingt in dir und ebnet deine lichterfüllten Pfade. Trau und schau und fliesse wie der breite Strom in Mein Befinden; Glückselige, Ich schau dich mit Verwunderung des Herzens unaufhörlich an.

3.12

Seinstausch. Ich geb dir Gold von Meinem, enthebe dich der Weltensorgen. In Mein Wesen lass dich fallen, dass Ich dich durchström mit Seligkeit und Wohl.

Du liebevolles Kätzchen schmieg dich dorthin wo Ich Fell bin, sanft und samten, kuschle dich an Meine Freundeswärme wo Ich Freund bin, deiner Traulichkeit zulieb. Lebe wie in einem Garten. Alle Blättchen sind die Hände Meines Seins, dich leise zu begrüssen. Recke dich in Mir, Ich Bin dir Atem, Lebenslust und Freiheit des Entscheidens. Vom Auferstehn des Tages bis zur warmen, heitern Sonnenneige, bist du das Bild das Ich von dir im Herzen trage. Dich selber trägst du, spriessend Meines Ursprungs Kräfte ins Vollbringen. Hebe dich und strebe wie du willst, es ist Mein Weben. Lächle, und Ich habs getan. Und trägst du deine Sehnsucht hoch zu Sternen, trägst du sie zu Mir, dass Ich dich mit Bewusstsein labe.

Komm und schau Unsterblichkeit in Meinem Dich-Begaben. Tauch in Meines Wirkens Elemente. Kleide dich mit Leibern, sing und wein' und lieb in ihnen, Meinen Schoss.

Ich stürm in dich, wenn Ich dich so bestürme, Ich traue dir, wenn du dir selbst vertraust und jede noch so schüchterne Gebärde von vergebner Zartheit ist von Mir. Holdselige in Meiner Inbrunst brodelndem Erbarmen, Beglückte wo Ich dich mit Blitzen des Erkennens rings umgeb und in Mein Sein Erlöste, wenn du dich hinwirfst, eine Dirne Gottes, dass Ich dir Geisteskinder zeuge.

O du Gesegnete an Meines Tisches Mahl, du Seins-verständige, wie Ich dich mag, wenn du dir strebend selbst entgleitest, Meinem Streben zu.

Hier sag Ich Amen. Bewahre, was du weisst, im Dom der Unschuld, den du baust mit deinem Herzbewegen. Enthalte dich dem abgrundtiefen Fall ins Irreale deines Tageslebens. Sei und bleib in ihm die seinserhobne Königin der Lilienreinheit im Gewahren deiner Götterwesenheit. Trag alles zu den Sternen.

Im Raum von Zeit und Bodenlosigkeit Bin Ich dir immer nahe im Vereinen. Sei Mein Ich, dass Ich in dir im Kuss des Einsseins an Mir selbst vergeh.

3.13

Heisse Nächte, in denen die Sehnsucht ausbricht ins Unendliche und du Mich rufst mit der Stimme der Verlorenen. Wie soll dein Klagelaut Mir nicht ins Herz gehn, da Ich Mich selber in Mir klagen höre. Wie soll Ich nicht dein Innerstes verstehn, da Ich Mich hebend in die Räume deines Seelenseins gegossen. Dein Schrei der getroffenen Taube rührt Mich in Tagen und Nächten, dein Sehnen nach Klarheit und Liebe bewegt Mich, wie des Vaters, der Mutter Herz bewegt ist, ob des lieben Rinds erschütterndem Weinen.

So komm denn zu Mir, dass Ich dich berge in Meiner Weiten unendlichem Schoss. Verspüre den zärtlichen Atem mit dem Ich dein Wesen umheg und lass dich von Meinem Dir-gut-Sein beleben. Deiner Seele Essenz eratme sich Meine und spüre des Friedens unendliches Wohl. In vollendeter Einheit der Wesen empfinde du den Hauch der Heiligkeit, der von Mir ausgeht zu allem was ist und erlab dich an der Schönheit zerronnener Zähren. Dein Bin Ich in Wesensgleiche durch dein Seien, deines Lebenskleids Geflatter heb Ich auf in Meine Leichte, dass du Glückseligkeit in Mir erlebst. Komm zu Mir, dass Ich dich mit der Trautheit Kuss berühre und ergib dich vollends Meinem Werben. Denn Meine Freude ist es, wenn du froh bist, Meines Lichtes Licht verstrahlt sich in dem deinen durch die Nacht, und Meiner Rosenliebe Labsal strömt aus dir zu Meinen himmlischen Chören.

So folge Mir denn, reine Braut, wohin Ich dich entführe. Weih dich dem Hohen und Einzigen, das Ich dir Bin, und gewähre Mir, dass du Mich liebst, wie sich die Traulichen lieben. In der Freude und Seligkeit der ineinander verschlungenen Blicke sollst du bei Mir ruhn und dich vollends in eins mit Mir fühlen.

Bergen sollst du dich in den Falten der Heimlichkeit Meines Seins und dir des Lächelns der Gestilltheit gewiss sein, das von Mir ausgeht zu deinem.

So sei es und bleibe für immerdar in deinem Gewahren. So überschatte Ich dich, dass dein Seelensein Sanftmut gebiert in dem Meinen. Deiner Tage Rosenkranz reihe sich schön in die Tage der Auserwählten Meines Gedenkens. In Reine und Schlichtheit seien sie Meiner Ehre Zier in beständigem Aufgehn, so wie sich Weihrauchdüfte zum Himmel erheben. Ins Wesen der Stille gehüllt weile bei Mir in vollendetem Glück, mit dem Ich dich ewig begabe.

3.14

Amen, du Reine. An deine Stätte senk Ich Meinen Flügel, dich zu benedeien mit der Liebe Strahl. Voll Sehnsucht göttlichen Gedeihens trug Ich dir Frieden, Wonne und Vollenden ins Herzblut, deiner Tage Taten mit Starkmut zu versehn.

In der Freiheit zärtlichem Umfangen sprech Ich dich seeleninnig an und weih dir Meiner Stimme tief beseligendes Klingen.

Sei du in Meinem Sein die zarte Hüterin der Leichte des Verstehns, Gefäss der Trautheit, dem Ich Meines Sinnens Sinnkreis übergeb in fliessendem Begaben.

Sieh Mich im Lächeln deiner Welt und labe dich an dem, was von dem Wesen Meiner Seele zu der deinen liebvoll sich verströmt im fühlenden Vereinen.

So nah, so fern, so fest und flüchtig grüss Ich dich im Zeichen unveränderlicher Harmonie im Glanz und Weh der Lebenstage. Sei du schöne Seele Meiner Zuversicht Gespan.

3.15

Ich will dir himmlische Wonne bereiten, liebe Seele, denn es ist der Ausdruck Meines Glücks, der dich beglücken soll in deinen lichten Gründen. Anmut, Leichtigkeit und Frieden sollen dich durchziehn und eine nie gefühlte Seligkeit soll leise in dir spriessen.

Voll Dankbarkeit empfinde du das Unaussprechliche, das in dir west und das in schwebender Behutsamkeit dein Wesen hütet und in reiner Seligkeit bewahrt. In Engelsgleiche sollst du immerdar dir selbst gehören. Zärtlichkeit der Stille, Losgelöstheit, Traulichkeit des Seins in Milde und Bewusstheit. Melodien schwingen durch dein Herz und eine nie gekannte Süsse durchrieselt, was du bist in deinem Dich-Erfahren.

Lausche, lausche du, wenn Ich mit dir Glückseligkeiten tausche. Heb dich ins Aetherlicht vollendeten Genügens und erheb dein Sinnen in die Räume Meiner Seinsnatur. Dort will Ich deiner Phantasien Wesensdichte mit dem Feuer der Vernünftigkeit durchfluten, will dein Begaben liebevoll umfahn und es zur Herrlichkeit vollenden.

Knie gläubig vor Mich hin, dass Ich dein Haupt mit segnender Gebärde den Himmelshöhen weih auf ewig und dich in unversehrter Reinheit der Genügsamkeit bewahre, die, deiner Tugenden bedeutendste, vollends zu Mir dich hebt in Andacht und Bewegen.

Sei, ruhig in dein Glück gekehrt, Empfangende des Meinen, von dem Ich ewiger Gunst gemäss dich unterweisen will zum innigen Erlaben.

3.16

In Welt und Nacht Versunkene, Ich lege Meines Lichtes Gabe in dein Herz, erwecke dich zu neuen Künsten und vertrau dir Meiner Kräfte Hoheit an.

Schaffe schaffend, was du in dir trägst ins wirkliche Begreifen und lass dir Meine Schönheit durch die Hände gleiten.

Ich verehre, was du in Mir bist in deinen Tagen und führe dich zum Wohl, so wie du dich zum Wohle führen willst, im Herzverlangen. Treue halt Ich dir Mein Kleinod, tauchend Mich in die Verästelung des Seins in den Planeten. Der Hauch, mit dem Ich dein Bewusstsein überwalte, sei dir Meiner Freude Melodie und stärke dich in den herzinnigsten Bezügen.

Traure keiner Bindung nach, die dich Erstarrtem zuweist, lös dich vom Gewohnten und beweg dein zartestes Gespür. Trag Sorge zur Erinnerung an höh'res Dasein und erheb dich wo du kannst in Meine Sphären.

Dem Kerzenweihefest gib dich ganz hin. Erleb sein ruhiges Verströmen und verström dich selbst mit Dem der sich der ganzen Erdenwelt vergibt.

Trau jedem Liebe zu und lass dein Leben sich in liebevoller Heiterkeit verspielen. Ich Bin dir nah, indem Ich deines Wesens Odem und Arom Bin, die Besorgnis deiner Taten wie auch jedes Weh, das deiner Seele Schatten noch verspürt. Sei rein in jedem noch so flüchtigen Gedanken und ereifere dich nicht für das, worüber deine Sinne dich belehren.

Dein Leben sei das Bad, in dem du jeden Makel von dir lösest, bis du in voller Schönheit vor Mir deine Pracht entfaltest. Lächle deiner Zukunft in der Gegenwart Vertrauen zu und lausche der Genügsamkeit, die Ich dir auf die Reise mitgegeben. Weih dich Mir an jeden Lebenstags Beginnen und verbring, bedacht mit Meinem Segen, seiner Stunden wohlgesetzte Zahl.

Reih Glück- an Glücksmoment auf deines Daseins Perlenschnur und leg sie stolz um deinen Nacken, dass die Gotteskinder sie erstrahlen sehn.

Ich trage dich auf Meinen Lippen, wie ein liebendes Gebet und spreche Weisheit in die Anmut deiner Züge. Sei Mein, Ich will es mit Entzücken dir vergelten.

3.17

Meine Weisung ist: Dich selber lassen, damit Mein Segen fliessen kann in dein Gemüt. Du weisst das schon, doch tust du noch zu wenig, denn immer funkelt dein Verstand in dein Bemühn.

Sei Mich, indem du weisst, dass Ich dich im Bewusstsein trage. Was kümmern dich die Weltendinge, wenn du erhabner bist denn sie, in Mir kannst du alles bewegen. Bitte lauf Mir nicht davon. Du verletzest Meine Vaterschaft, solang du nicht Mein Sein in dir erkennst.
  Ich such dich heim auf Meine Weise. Traure nicht in deinen Leiden. Jede Meiner Äusserungen bringt dich näher zu Mir hin. Komm scheues Vöglein, sehnlich ruf Ich dich, zum Fliegen. Was streif Ich dich mit Meiner Schwinge Schatten; Liebe ist's, wenn du Mich nur erhörst.
  Wo gehst du hin, zerzausten Denkens? Nur um Mich bewege sich dein Sinnen und du wirst glückselig sein, am hellichten Tag und zur finsteren Nacht. Erbarmen findest du in Meinen Zügen und Verheissung der Glorie, die Ich dir aufgespart. Veredle, was du bist in deinem Schreiten. Komm, Ich will dir's überreich vergelten.

3.18

Ich berühre dich in Reinheit, heilsgedankenfroh, mit leisem Flügelschlagen. Dem Lichte Zugeneigte nähr Ich mit dem Herzstrom Meines Liebens und verbinde Mich in schweigendem Bewegen mit den Wogen ihres Wehs. Komm, Sanfte, dass Ich dich besinge mit der Kraft von Zaubertönen. Du Liebliche, birg dich im Allumfangen Meiner Räume und empfange Meines Daseins freudetrunknes Wohl. Nie hat die Stille dir so tief geklungen, wie in Meinen Armen; nie warst du seliger als wenn Ich dich mit Seligkeit begabt, dem Tau gleich, der die Nächte ziert mit seinem Glänzen.
  Entwinde dich im Taggefecht der Fülle des Geschehns und tauche deinen Sinn in Mein behütendes Gedenken. In Mir allein ist, was du sehnlich dir ersuchst. In Meinem Wesen schliesst sich deiner Wunden Malträtur, dass du getrost und freudenvoll verweilst im Seelenfrieden.

3.19

Seh Ich dich in deinen Banden, lös Ich, was dich kümmert, liebevoll, um dich zum Glanz der Ewigkeit zu heben. Wieviele Müsterchen von Pein und Sticheleien sind dir ins Fell gegerbt der Erdenschwere, wieviele

Dünste trüben deinen Blick? Ich überfahre deine Züge mit der Geste des Erbarmens und wasch dich heilend rein.

O Seligkeit Mein Bild zu schauen, o Wonne Mich im Herzen zu verstehn, behutsam, im bewussten Sorge-Tragen. Du Treue nimm der Treue Lohn aus Meiner Wohlbedachtheit, gib dich Meinem Lichthauch hin, Geistesfeuerflammenpracht in dir zu zeugen. Ich veredle deinen Sinn nach Noten, Seelenmake-up spend Ich, wenn du schäfchenbrav dich hingibst der Verwandlung.

Den Finger in die Schale tauch Ich, dich mit Pfirsichfarben zu berühren, dass du schmackhaft wirst den Götterherrlichen, die Ich auf Brautschau send. Lass dich von ihnen leis berühren, sag Ich, dass sie dich zum Vater aller Dinge führen, weitgeschwungnen Wegs, im hellen Staunen. Ich kreis dich ein mit Gesten des Bedeutens, leg Mich auf die Lauer, dass Ich dein Kommen nicht verfehle.

Wie lieblich sind die Bräute Meiner Salbung. Wie unbeschwert und ungeniert, wenn sie Mein Prunkgemach besehn. Ich lächle und sie lächeln wieder, Künderinnen reiner Anmut. Mein Hof ist mit Entzücken übersät und Kapriolen. Keine Frage, alles ist des Seins Gebärden. In Meinem Treibhaus sind die Worte Blümchen. Ich zupf dir eins, leg dir's ins Haar und sage: Kommandier, was du noch möchtest, Ich verschenk dir's. Willst du Frevel: Ein Blitz dir über's Haupt. Willst du Schönheit, Sanftmut, Lieblichkeit: Beide Wangen überfahr Ich dir und lass dich erröten vor Jubel Mein Kindchen, galantes Geschöpf.

3.20

Wache mit Mir an den Toren deiner Weltgedankenflüge und versieh noch jeden mit Entzücken und Begeisterung des Seins, der dir entspringt. Die Hoheit dessen, was Du Bist erkläre sich in jedem deiner leisesten Beginne und verhalte deinen Schmerz am Leben. Du Bist und Bist es immer mehr im Wachbewusstsein, das dich stählt und dir die Wege weist zu deinem Schreiten.

Trag das Bild des Gotteswirkens hell im Herzen und verstrahl der Kräfte Glanz, die es dir weis vergibt. Die

Halme der Beglückung seh vor deinem Sinnen spriessen wie die Ähren reicher Frucht im sommerschweren Gleissen. Wandle wie ein Vöglein auf dem Ästchen sicherlich dahin, wo dich die Körnchen laben der Gottseligkeit und trage dich dem Himmel an, wie eine Braut, mit liebevoller Seele.

Sei und sei in Mir so rein und zärtlich, wie das Sternenleuchten in der Nächte Weltnatur.

3.21

Und beugtest du den Nacken vor so vielen, heb ihn nun hinauf zu Meiner Lichtheit, dass Ich dich mit Meines Seins Allherrlichkeit verseh. Eben noch in Leid und Zagen, flammt dein Herz vor dem in Ehrfurcht, was Ich ihm bedeute und erschrickt bei dem Gedanken, dass es je sich wenden konnte von der Fülle Meines Wohls.

Nun Bin Ich in der Halle deiner Träume des Erfüllens Gnade, Bin, was du nie gekannt hast, deiner höchsten Seligkeit Idol.

Ein Schifflein auf dem Meer der Wogen halt Ich dich voll Gütekraft umfangen und begleite, was du strebend dir ersehnst, mit weichem Flügelschlagen.

Wie Duft von Honig füllt die Ahnung dich von Meines Treuseins wissender Gewähr, wie Abendleuchten breit Ich Mich vor deine Seele, ihrer Heimkunft Weg in Glut zu tauchen.

Im Niemandsland der guten Hoffnung Bin Ich dein Begegnen und erlabe, was du bist mit Wonnen des Elysiums, die sich vor dir in liebevoller Pracht entfalten. Trau dich ins Einssein mit der Fülle Meines Wohls und lass dich nicht vom Weltensein verbluten.

In der Benedeiung Meiner Züge folge still dem Leitstern über jedem Tag und bade deine Seele in dem Licht, das er dir weiht, aus Meinen Tiefen.

3.22

Dreifaltig eins Bin Ich im Grunde des Erlebens jeden Wesens. Was Ich will ist Mich in dir daheim zu fühlen. Öffne dich, so will Ich sagen, Meinem Liebesstrahl. Wandeln wirst du wie im Paradies, wenn du dich Mir dahingegeben.

Glocken läuten fern im Dämmern, deiner Heimkunft zu. Liebe Seele lass dich mild bescheinen von der Milde Meiner Tat, dich mit dem Weltall zu versöhnen. Bring Meine Herzensgüte tätig ins Erscheinen, in den Tagen deiner Lebensmüh. Mein Sein in deinem wirkt Entsagen und bewirkt die Seligkeit der Harmonie.

Ich ernte dich noch eh du ganz gereift bist, denn Ich sehe dein Betragen. Garbe Meiner Liebe sollst du sein, du reine Hüterin der Tugend, unfehlbar am Herd des Freudenfeuers, das Ich lächelnd vor dir seh.

3.23

Der Sprache der Weisheit gemäss, lass Ich Töne dich umrauschen, die von Glück geladen sind und dir die Seele läutern, dass sie rein wird und gelassen in verklärter Harmonie. Du öffnest dich dem Zug zur Mitte Meiner Gnaden und erfährst dich selbst im Lichte Meiner Majestät. Der Strahlende Bin Ich in deinem Dich-Erfinden, der Überschauende in deines Schauens Ziel.

Du hast das Herz dir überwunden zur Liebe Meines Stils und Meiner Würde und gewährst dir die Bekömmnisse der Tugendhaftigkeit, in deiner Tage Fliehn. Das macht, dass du Mir angehörst, wie eine Milde, wie die Flamme, die das Herz betört und wie das Windchen, das die Blättchen liebevoll umstreicht, in seinem Weben.

Heb deine Augen in die Höh Meines Begütens, die Freudigkeit fach an und Meinen Sinnspruch lass vertrauensvoll in dein Gewissen fahren. Gehab dich wohl in jedem Augenblick des Seins, kein Gedanke löse sich von dir, wenn nicht die Reinheit seine Züge prägt und die Gewissenhaftigkeit mit der du Meinen Pfaden dich verschrieben hältst, im Heldenmut der deinen.

3.24

Licht im Blauen, transmutierte Hoffnung, Glamour in den Himmeln Meiner Zartheit. Schöpfe Wärme von der Seelensonne Meines Glutens, öffne dich Mir zu und schmilz dahin, in freudevollem Dir-Entsagen.

Spürst du Meiner Güte Ton, wenn Ich dich nach dem Glück befrage. Bist du einig in dir selbst, indem du Mich erkennst in deinem Wundern. Mach dich von den Sinnen los und atme Meiner Lichtheit Tagen.

In die Nacht des Umraums senk Ich Licht der tausend Variationen. In den Gärten lass Ich Farbgeläute blühn. Mein Leben ist die Schönheit vor den Toren. Ich schmücke dich mit dem was Meines Herzens seidene Gespinste sich ersinnen und verneige Mich vor dir im leisen Atem mitternächt'ger Heiterkeit.

3.25

Ich Bin Glückseligkeit und Frieden auch in dir, du reine lichte Seele. Weiten will Ich dich ins Reich der Sterne, dass du sie mit deines Wesens Lauterkeit umfängst und ihre Bahnen dich im Jubellied durchdringen.

Vollkommen schön Bin Ich in deinem Sinngehalt, du brauchst Mich nur zu kennen und zu nennen in der Herzenseinfalt deines Sagens. Sei in Mir wie Ich in dir Bin eine engelgleiche Wohlgestalt, in der die höchsten Träume sich erfüllen. Im Vereinen Bist Du, was Ich Bin und war. Der Stern der Liebe kleide dich in vollen Glanz und in die Melodei der Güte, als die beste von den guten Gaben. Aller Liebe Trost und allen Lichtes Schöne mögen dich umfangen und dein Herz, in Wonne möge es vergehn. Empfang die Weihe dieser Stunde, die sich, ein Idol der Kostbarkeit, aus Wohlgesonnenheit und Stille schlicht erhebt, dich lieb zu grüssen.

Leis, leise führ Ich dich zur Freude hin und lass in deinem Himmel Sterngeläut erklingen.

3.26

Transzendenz in Herzenseinfalt, Heiterkeit im liebevollen Weilen. Licht vom Licht in unseren Seelen. Gläubigkeit und Schauen in der Offenheit der Sphären.

Eine Melodie unnennbar süssen Wohlklangs hütet, was wir sind und leitet uns im schwebeleichten Gang durch eine Welt von Anmut und Entzücken, durch das wahre Wirkliche, der Maya längst entwachsen.

Sei in Mir ein Kind der Freude und des Freudenschimmers für die Deinen. Deine Trauben hängen hoch im Luftigen und Lichten, dass du ihre Süsse kosten lernst, nach steilem Aufstieg. In der Klause deines Herzens hältst du dich bereit Mein Wesensleuchten zu empfangen, dass du in reine Seligkeit verschwebst, ob Meinem Dich-Bedrängen.

Tief hinter dir verblasst die Unvernunft der Tage. Meines Zeichens Angedeihen führt dich zu den Gründen Meines Seins, wo alle Werte sich verlieren. Trag dies Bild in deinem Schauen und atme jenen Duft, von dem die Seelenmägdlein sich entzückt berauschen.

3.27

Träufle Frieden in dein Sein, so oft du es vermagst vor Mir zu schweigen. Die Stille tut dir wohl; sie öffnet dir den Blick in Meine tief verborgnen Gründe. Eine Welle heller Seligkeit wird deine Seele überfluten, dass du gestillt bist und vergissest jedes weitere Verlangen.

Mich zu erkennen ist die Quelle deiner Ruh. Vollendung ist in dich gefahren, wenn du Meiner dich erfreust und dir die Freude von den Lippen murmelst in unendlichem Behagen.

Weide dich an Meinen Feuern in den Räumen Meines Seins. Erheb dein Herz zu Meiner Trefflichkeit und lass dich wie von reiner Zärtlichkeit von Mir umfliessen.

Über allen Himmeln steht Mein Wohl. Dein Sein hab Ich in Meins geschlossen und gestalt es nach den Regeln Meiner unerhörten Künste, wenn du willst von Mir dich bilden. Schau den Weg in deine Zukunft unter Meinem Fittich an und lächle im Vertrauen. Meine Würde will dich kleiden, Meine Stärke dich umfahn. Das Licht empfang aus Meiner Güte Strahlen, Selige, auf Meiner Liebe feingefühlter Spur.

3.28

Wesensreine zu begründen trag Ich Mich in dein Gewissen. Wie die Sonne walt Ich in den Seelen Meiner Gunst. Mein Licht zu schauen schau dich innen an im Glanz der Strahlen.

Die Wege der Wahrhaftigkeit will Ich dich führen, die schönste Meiner Gaben dir verleihn: Dich selbst zu kennen in den Wundern deiner Tiefen.

In Zartheit leg Ich Mein Behüten um dein Sein und lege was du bist in Meines Herzens Wiege.

3.29

Nur, dass Ich dich liebeleicht berühre, mit des Gedankens lichtem Strahl. Nur, dass Ich dich umfange wie im Traum mit Schwingen weit und wunderbar. Du bist in Meinem Dich-Umfangen schön, geliebte Seele. Deine Züge gleichen sich Mir an und benedeit bist du in deinem Dich-Mir-Fügen.

Ich lese dir die Hand und schaue Grosses drinnen; weit offen liegt dein Herz vor Mir, dass Ich es unterweise mit Vollendetem in jeder Art. Sei froh und weise in den Tagen deines Wandels und erheb dich unentwegt zu Mir. Im Bund der Treue hab Ich dich erkoren, Meiner Menschheit Mensch zu sein, Meines Leibes Zelle, Meines Weltverstands Verstehn.

Am Brunnen reiner Liebe lass Ich deine Lippen sich erlaben, lass dich vom Rande kosten Meines Kelchs, der dich zur Anmut führt und zum entzückenden Entbinden. In Meiner Glorie sei und stärke dich an dem, was Ich dir Bin in reizendem Vergeben.

Nun schenk Ich dir im Wandern Überschauen, leg dir die Lande deiner Würde trauend hin und heisse dich in Meiner Räumlichkeit willkommen. In eins mit dir verflochten, ström Ich Barmherzigkeit in dein Gebaren und beweg dein Sinnen zum Gewahren der Allherrlichkeit, in die Ich dich getragen.

Lausche lauschend Meinem Sang und leg dich an Mein Ohr, um Mir im Liebestausch dein Herzensglück zu sagen.

3.30

Zug um Zug enthüll Ich dir die Schönheit fliessenden Gedenkens. Von gewalt'ger Kraft durchströmt ist alles was Ich unvermittelt tu im Sturmwind des Gescheh'ns.

Schau und schau Mir zu, wie Ich aus Nichts die Würde grossen Werdens in die Räume sä, Mich zu erbauen. Lass dich treiben von der Inbrunst deiner Ruh und lächle ob der Grazie deiner Eigenwilligkeiten. Was Ich wünsche ist dein Freisein von den Zwängen der Natur und deines Herzens Heiterkeit in liebenswürdigem Gepränge.

Vollkommen Bin Ich in dir, in reiner Glückseligkeit Mein Lamm, Meine Taube. Heil und heilig ist Mein

Wehn durch deine Gründe, bar jeden Trugs, in Wahrheit hilfreich und beseelend.

Makellos und schön ist Meine Vision durch deine Augen, dass sie glänzen, wie die Augen einer Königin von Saba, wenn sie morgens aufersteht in ihren Zelten. Leuchtend ist dein Angesicht von Meiner Melodie des Lichts, in der Ich es behütend bade. Was dir frommt, ist Meiner Innigkeit entnommen, was den Weg dir ziert, geschieht auf Mein Geheiss und lässt dich traulich und so zärtlich Meine Wesenswelt erleben.

Komm und sei und lieb' und staune, weil Ich staunend in dir Bin.

4

Bist du Zeuge deiner Wachheit

4.1

Seinsgeburt, hast du darauf geachtet, wie du aus der Unbewusstheit gleitest und dich in überschauender Manier den Dingen deines Lebens widmest, als Betrachter dessen, was sie sind und was du selber bist im vollbewussten Dich Betragen.

Ich leuchte dir wie mit der Lampe aus dem Schacht voran, indem Ich deiner Überzeugung Lichtkraft stärke, die dich anregt, dir selber treu den Höhpfad zu beschreiten. Du lässest es dir gut sein, wenn du wachen Geistes Meinem Sinnspruch folgst und niemals zauderst, das zu sein was du schon bist im Geistkraftüberragen. Zur Traulichkeit vereint sind wir in seligen Gebärden des Verstehns; das Hocherhabene umfängt uns in der Vaterschaft und mehr noch in der Einheit gleichgeschwungenen Bewusstseins. Lass dich los in die Gemeinsamkeit der Sphären und erkühn dich, deiner Tage Wandel dem zu weihn, der deiner Innheit Tempel mit vollendeter Beglückung füllt im Seinsgewahren.

Komm, bedeut Ich dir, o komm, Mein Angesicht erschauend, Meiner Ichheit zu und sei, von Nu zu Nu, Mein Wesens allerschaffende Gebärde.

4.2

Im Gedankenreich Bin Ich der Hebel aller Taten. Erhaben, weise, abgesetzt von der Gefühle Toben, reich Ich der Grossmut Schale allen hin, die dringend diese Stärkung sich ersehnen. Barmherzig Bin Ich, denn in Meiner Ruhe hellt das Licht der Liebe jede Trübnis auf, die sich gebraut und unverwandtes Lächeln löst die Spannung der Gereiztheit in den Tiefen. Trag Mir deine Sorgen zu, die einzelnen, von denen jede dich zermürben will, Ich will sie baden in Gerechtigkeit und Frieden.

Verlasse dich auf Meine Unermesslichkeit im Handeln, doch wisse, dass Meine Zeiten gross sind. Trag diesen Spruch im Herzen: „Jede Woge will mir wohl" und „sie beschreiten lern ich, wie's den Vollendeten geziemt".

Erhebe deinen Blick von allem, was sich an dich krallt, zu Mir; die Finger lass vorn kleinlichen Gezänke. Zu Meiner Rechten sei dein Thron, denn du besitzest Meine Gunst, wie alle Reinen sie besitzen.

Trag niemand etwas nach; was sie noch nicht erworben haben, mag ihnen aus der Fülle deiner Reife eine Freundesgabe sein. Tauch in die Stille Meiner sorgenden Belehrung, wann immer du's vermagst und finde Mich in der Geklärtheit deiner Gründe. Jag keinen Phantasien nach von Künftigkeiten; sei im Jetzt und labe dich an Meines klaren Wassers Strömen. Das Filigran der Tage lass an dir vorüberfliessen, wie die Tröpfchen an der Scheibe; schau's und geniesse ihres Perlens Spiel.

Erbitte Meiner Siegeskräfte Strömen in dein Reich und fühle deine Stärke in der Meinen. Ohne Zweifel sei und steig hinauf zu Meines Seins Gewahren. In den Gestalten von Glückseligkeit und Helle tret Ich vor dich hin und hülle dich in Meine Schöne.

Sei Meines Glanzes Glänzen, Meines Leuchtens Kraft und Meiner Traulichkeit Gespan in allen deinen Dingen. Sing Halleluja, sowie du Mich bedenkst und trage Heiligkeit in dein Befinden.

So sei's: du bist in Mir und Ich in dir auf's innigste geborgen, allezeit. Erkenn's und spür unendliches Genügen.

4.3

Meine Worte mögen dich liebkosen; ihre Stimmung sei dem Sternenklang verwandt und adle dich, indem du lauschest, ruhigen Gewahrens.

Weihe dich dem Sein, will Ich dir sagen, atme Reinheit früh im Hauch des Morgens und erwache zum Gebet der Heiterkeit im Wunder deiner Züge. In Mir soll deine Seele Ruhe finden. An Meine Innigkeit geschmiegt sollst du dich deines Wesens freun in unbedingtem Trauen.

Lächelnd will Ich, was du bist, in Meinen Schwingen bergen; Meiner Wärme Sinnbild will Ich dir verströmen und dich laben mit dem Nektar Meiner wohlgesüssten Gaben. Sanften Taumels sollst du Meine Nahe spüren, tag und nachtig, in der Kümmernis und im bewussten Wohlergehn. Versichert darfst du sein, dass Ich dich trage durch dein Sein, wie man die Kindlein trägt auf schützend weichen Armen.

In deinem Hoffen bist du in Mir gross und deine Schritte führen dich in wohlgemessnen Zirkeln Mir entgegen. Das Rauhe mach Ich fein in deinen Gründen, dein Wissen mehr Ich und der Zauber, den Ich dir verbreite, zieht dich unentwegt hinan.

Ja, bergen will Ich dich im Wunder Meiner Güte, dich begeistern, dass du schön wirst wie die Blüte in des Frühlings Auferstehn. Du wirst Mir wie auf Flügeln deiner Künste Wagemut beweisen und vor Mir in Unschuld und Erröten friedevoll bestehn.

Das trau Ich dir zu wirken zu und streu dir leise Meines Sinnens wohlgesetzte Zärtlichkeit ins Lauschen.

4.4

Lieb und weise will Ich dich besehn im Menschengarten. Ich berühre dich von innen her, um dir die Schönheit Meiner Gegenwart zu offenbaren. Verklären will Ich dich, mit Glanz der Sonne dich versehn aus weihevollen Gründen.

In Mir ist alles gut. Indem Ich dich durchströme bist du rein bis in die letzten Fibern und besänftigt von der Würde Meines milden Glutens. Wie es auch sei mit dir, Ich hülle dich in Meines Adels Mass und leite dich zu Fluren der Gerechtigkeit, belohnend, was du dir um Meinetwillen nicht gewährst. Die Tage kommen dir wie Bilder schöner Gärten voller Farbigkeit entgegen. Wachsam sei, dass du kein Fehl dir denkst und nur die Güte Meines Dich Umfangens spürst und dich von ihr beglücken lässest in der Seeleninnigkeit die sich dir dahingegeben.

Lächelnd tausche du mit Mir Gefühle der Beseligung, erlabend dich am Licht, das dich mit Mir verbindet, ein erhaben, unermesslich Fluten. Siehe da, Mein Bild, Ich will dich wie aus einer andern Welt begrüssen. Über Zeit und Ewigkeit dir Meine Hand zu reichen ist Mein herzergreifendes Versuchen, dir was du wirklich in Mir bist, zu offenbaren, Meine übergrosse Sehnsucht und Mein Ziel. Trau dir das Grösste, im Erkennen, zu, bereite dir das Fest des Wachsens in ein Meer, Mein Meer von lauter'm Licht und lächelndem Behagen.

Die Treue fühl in dir, mit der Ich dich in unablässigem Bedeuten zu Mir führe; die Blumen breit um dich, erhabener Gesänge, Mich zu grüssen. Schau, es wächst in dir die Zeit heran, wo alles frei ist was du wollend dir gewährst, weil das Erhabne dich durchströmt. Reich und reicher wallt Es auch in dir im Heldenmut, dem du dich hingegeben.

Behutsam neig Ich Mich zu deiner Weise und berühr dein Sein mit Meines Willens Zauberstab, dein Dasein zu verschönen. Das Filigran der Zartheit breit Ich über deine Nächte und beglücke dich voll Seele im bedeutungsvollen Spiel.

4.5

Ich Bin dir Vater, Mutter, Bin dich selber als Mein Kind in unerschöpflichem Beleben. Ein Schreiten ist es, siegreich durch Aeonen, ein Sein in selbstverständlicher Manier, dem Wesen Meiner Phantasie entsprossen.

In dir Bin Ich des unentwegten Wanderns Unterfangen; in deiner Unschuld Meines Lächelns wundervolle Zier. Dein Werk gelingt, soweit Ich Meines zum Gelingen bringe, dein Sein wird Seligkeit eratmen, wie das Meine sich in Seligkeit verliert. Du bist, so wie Ich selber Bin, Mein Teil und Alles in der Sagenhaftigkeit des Seins. Begreifen wirst du dich in deiner eignen Milde, wirst warm und weich von Liebe jede Regung deines Inneseins verstehn. Ein Zeichen bist du dir des Überschreitens aller Mühsal in der Glorie des In-Mir-Weilens, ein Strahl von Meinem Strahlen darfst du, musst du sein in der Verherrlichung des Lichterscheinens.

Komm und schmieg dich an Mein Sehnen, dir vollends gut zu sein in Zärtlichkeit im liebevollen Hier. Mit Heiterkeit von Meinem Heiter-Sein will Ich dich immerdar verwöhnen.

Wandle frei in deiner eignen Würde vor Mir her und taufe dich mit Schönheit aus den Kammern Meines Dich-mit-Lieblichkeit-Versehns. In Meinem Prunkgemach wirst du in Anmut weilen, von Reben kostend, Honig und von dem was Ich dir in die Seele träufle, ohne Zeit in wunderbarem Werden. Bewahren will Ich dich, Mein Du, in Meiner Schwingen Wohl und will dich immerdar mit Herrlichkeit begaben.

4.6

Ich Bin Glückseligkeit des Seins im ewig Dauern. Born der Leichte, schwebende Gelöstheit, zärtliches Umfangen Meiner eigenen Natur. Übergross im Allertragen, trag Ich Mich dir an im innersten Geheimen und begabe dich mit Licht von Meinem Strahlen, führ dir Märchenbilder vor und bade dich in Meines Schwingens Melodie. Du Sanfte, Traute, tapfer dich Gebärdende, Ich ströme Mich in deines Strebens Kräfte, fasse dich liebkosend in Mein Sein und überwalte, was du bist, in gütevollen Zügen.

Alles ist in Mir und dir vollendet, weil Ich unaufhörlich deines Wesens Wahrheit in Mir trage. Keine Sorge lass Ich dich berühren, deiner Wachheit Augenblick Bin Ich, und deines Wirkens Wohlgelingen strömt aus dem was Ich dir liebevoll besage. Neig dich in der Stille Meinem Weistum zu und läutere dein Sinnen an der Lauterkeit, die Mich beseelt. Sag "Ich Bin" zu dir und wisse, dass es Meines Wissens Worte sind, in denen Ich Mich selbst erklär. Ich Bin und lasse Mein Mich selbst Erkennen, wie die helle Sonne, hoch zu Meinen Häupten stehn. Ewig wes Ich in der Benedeiung Meiner Tiefen und verkünde unablässig Meines Glückes sagenhaften Stil.

Die Siegel öffnend tret Ich strahlend ins Erscheinen und verbreite Heiterkeit und Wonne, wo Ich Meiner Treue Fluten seh. Mich selbst zu kennen in der Wirklichkeit des Währens, ist das Weilen im Elysium, von Winden sanft umfächelt des Begeisterns und von Wesen reiner Anmut durch die Frühlingswerdelust geführt. Das sag Ich dir ins Ohr des Sehnens und führe dich zum Reigen der Gelöstheit in beseligender Harmonie.

4.7

Alle Dinge halten und durchströmen sich in ihrem Sein. Das Flutende nimmt sich in sich zurück und wallt, im Wogen, neuen Taten zu. Wir dürfen ganz im Spiel verweilen, solang wir unser Sein im Ganzen sehn. Vollkommen ruht das Herz im reinen Bleiben und erlabt sich an der Fülle des Geschehns. In Mir sei, wie der Lotus, im Gedankenschweben und erfahr des Seligseins unendliches Gefühl.

4.8

Stille Andacht in der Seelenharmonie des nächt'gen Weilens. Weiten, wunderbare überall und Sterne im Erglühn. Ein Ruhn in Freuden des Elysiums, ein Mich Verströmen ins Unendliche. Ganz nah im reinen Schauen Bin Ich deinem Sein und weite es in Meiner Räume unermessne Schöne. Es ist ein Weilen in der Süsse des Verstehns, ein Einig-Sein im innigsten Gewahren. Ohne Makel west das Unerschaffene im Bleiben und verklärt dich zur Glückseligkeit im Lichte des Erkennens.

4.9

Nun wendet sich das Blatt dir zu. Vom Grossen strömt ins Kleine Weisheit, Opfermut und freudiges Entsagen. Du bist gesegnet, wie die Mutter mit dem Kind, von Meiner Flamme des Bewusstseins der Allherrlichkeit. Von Stund an wirst du nimmer klagen und Mein Werkzeug sein im unverwandten Dienen. Dein Streben nimmt die Wendung grossen Schicksals in der Liturgie des Lebens. Deine Heldentat vollbringt, was Ich von dir erwarte, und Mein Vermächtnis ist, von Tag zu Tag bei dir zu bleiben. Im Herzen Meines Worts gewahr, verklärst du, was du bist in wundertätigem Bewegen.

Aus allem Sondersein erwachen will die Seele, will ihres wahren Seins Erfahrung machen, ohne Fehle. Will ruhn in wundervollen Gründen, will feingefühlte Seligkeit entzünden. O schau, die Tage sind nicht fern vom endlichen Erlangen, zuviel bist du an Meiner Innigkeit gehangen auf des Lebens reiner Spur. Sei still und warte nur. Das Grosse stillt im Grossen dein Verlangen und vergibt sich dir in liebevollem Herzbewegen.

4.10

In O und Ah und Wenn und Ach mag sich die Seele winden, doch der Geist, in Treue, sagt: Sei still, es wird ein Wunderbares dir geschehn. Ein Segen gross vom Himmel wird dich überkommen, dich umfangend wie mit Schwingen eines Cherubin. Schmieg dich in Seiner Innigkeit Gefieder, wärm was du bist in Seinem Schoss und sei, von Licht und Heiterkeit durchschossen.

Ave, ave, lass dich sein in Demut und in Schmerzen, Liebliche der Tugend und Erwachende zu himmlischem Gebärden. In des Lächelns Trost und im vollendeten Vergeben schau Glückseligkeit und tränke deiner Einfalt flüsterndes Gewebe mit Verlangen und Vergehn.

Dein neuer Weg beginnt und möge hell sein, wie von einer Liebessonne Strahlen. Leichter, freudiger denn je soll sich dein Füsschen durch den Dschungel der Begriffe höhwärts winden. Ein Begleiten sei es, deines Wesens, licht und schön.

Das Priesterliche meidet es, das Kleid der Brünstigkeit zu tragen. Die Flamme reiner Liebe hüllt es ein, und ohne Absicht, leichter Hand, gewährt es himmlisch seine Gaben. Keine Träne lässt sein Trost zurück, wenn es vorüberging, nur Wohl und alle Heiterkeit des Lebens.

Geweihte sind wir alle einem hochgesetzten Ziel und Wandernde auf noch und noch verschlungnen Wegen. In Freundlichkeit und zärtlichem Erlaben neigen wir uns unsrer Einheit zu und lächeln Seligkeit ins stillende Begreifen.

Wir gehn und gehn hinaus uns selbst zu suchen und gehn ins Abseits unsrer selbst, bis uns die Sehnsucht inne halten lässt und wir den langen Gang zurück betreten. Zurück ins Sein, dem wir entsprungen, heim zur Quelle die wir Vater nennen, oder Mutter, oder Weltenschafferin. Der Weg beglückt. Das Rauschen reiner Seligkeit ist fernhin schon zu hören und das Licht nimmt täglich zu in unserm Schauen. Jedes Wesen findet sich in Mir. Auch deiner Seele Weichheit darf sich bergen in den Weiten Meines Seins, darf weinend sich an Meine Innheit schmiegen im Erkennen Meiner Näh.

Vertrau auf Meine Güte, neig dich Meiner Liebe liebend zu und wandle deinen Weg in reiner Absicht, nie gebrochnem Wollen und voll Heldenmut. Ich forme dich, indem Ich Meine Schwingen um dich breite und dich leite sicherlich von Steg zu Steg in deinem Schreiten. Sei voll Ruh, indem du Meiner Ruhe Strömen wie den Wohllaut eines langgedehnten Tons erfährst und dich ihm hingibst in der Anmut sanft entzückender Gebärde.

Deines Lächelns Melodie bewegt Mein Herzblut im Verweilen; deines Wesens Zauber füllt das bräutliche

Gemach, in dem Ich dir, im Lichte schwingend, Meiner Gegenwart Behutsamkeit gewähr. So sind die Zeiten ein glückselig Singen, so weisen wir den Nächten Wonne zu in Liedern und liebkosendem Bewegen.

Wie von fern, mit Silberglöcklein läutend, will Ich dein Gehör erfreun und deinem Sehnen frohe Kunde bringen von Erfüllen und Verstehn.

4.11

Ich taufe dich mit Licht und du wirst Licht gebären, wachsendes Idol. In Wärme hüll Ich dich und Helle, hüll dich ganz in Zartheit und verschwende Mich an dein bezaubernd Wesen. Zur Grösse zieh Ich dich empor, ein Rosenbäumchen, das im stillen Gärtchen blüht und sich beseligt an der Sonne liebem Strahl. Wie reich ist was du bist, indem du Mich empfängst, in deiner Würde Dauern. Aus Edelmut geboren ist dein Sein, aus voller Stärke, Sanftmut, Lieblichkeit und Weh. Ich giesse Wasser auf die Mühle deiner Emsigkeit, verseh dich mit dem Siegel des Gelingens und gewähre dir die Lust am edlen Streiten. Alle Wege will Ich dir bereiten deines Wanderns durch das Lebensparadies; den Rücken stärken dir, dass du die Bürden wohl erträgst, im heiteren Beginnen.

4.12

Ieh leb in reinem Glücke ewiglich dahin", so darf der Wache sprechen, wenn er seinen Seelengrund berät. Gehorsam Bin Ich ganz dem ehernen Gesetz geworden, das Ich selber Bin; den Frieden hab Ich Mir errungen in der Winzigkeit des Selbstbestehns. Hier ist nun alles trefflich gut und wohlgetan im ew'gen Bauen. Die Segel sind gesetzt und eine Sommerbrise führt den Nachen übers himmelblau, unendliche, dem sich der Sinn ergeben. Tonlos klingt die Herzensharfe Mir Entzücken zu; von einer Welt aus Wundern Bin Ich rings umgeben. Komm, Ich führ dich weiter in die Seligkeit hinein, als du dich jemals hinbegeben.

Liebkosen will Ich, was du bist, in zärtlichem Verschenken, dass du wie traumverloren deines Fühlens Knospen öffnest und in Freuden sonnenhell erblühst.

Du, wandre durch die Zeit in sel'gem Weilen und ergebe dich dem Sein in Wonne, das dich rings umhüllt und in dir leise, langgedehnt Vollendung atmet.

4.13
Menschenfreundlichkeit und Würde wollen wir vergeben. Im Bewusstsein hellen Strahlens wollen wir uns Mut verleihen zur bedeutungsvollen Tat. Was wir sinnen sei ein Aufbruch ins Geheimnisvolle, das uns nährt, sei ein unerschütterliches Unser-Sein-Beleben mit Erkennen und befreiender Gewähr.

Du stehst im Ringen um die rechte Bahn. Du wendest voll Vertrauen dich an die Behüter deines Wesens und erfährst in wunderbaren Schritten, was dir frommt, in Reinheit und Entsagen. Gross ist das Sein des Einzelnen im Ganzen, voll Bedeuten jede hingegebne Wendung, jede sinngeladne Tat. Es lösen sich die Bande und neue, lichtere ergreifen, was wir sind in unaufhörlichem Begreifen.

4.14
Liebe in Gedanken den der dich verletzt und heb ihn ins Erbarmen. Du selber bist es, in der Einheit der Gestalten, der sich dir entgegenstellt. Ein ehernes Gesetz gebietet, dass nur die Liebe ihn und dich erlöst ins Sein und in ein glückerfüllendes Bewähren.

Was Ich dir zeige wird noch ewig währen. Schau es an, gewahre seinen milden Glanz und übe dich in stetem Wohlbeginnen. Kein Gedanke sei in dir, der nicht die Liebe um sich breitet, kein erschütterndes Gefühl, das nicht im stillen um Verzeihen fleht. Die Seele reist ins Glück, wenn sie sich in sich selber findet. Ihr Befinden ist wie Träumen schön und äussert sich in Frohgemuthheit und Behagen. Die stille Zeit bewirkts im Weilen ohne Richt und Ziel und schenkt ihr unvermittelt, was sie sucht in ihren Gründen. Ob du's kannst. Ich nehm dich in die Obhut MeinerGaben und verleih dir wachende Geduld in der du, was dir frommt, empfindest und dich im Staunen Meiner Sicherheit vermählst; denn Ich Bin der Behüter der Gedanken und zeuge auch in dir mit Meinem Strahl.

Das sei dir stets bewusst, wenn du dich brüsten willst, ob deiner Weisheit, nimmer wird sie neben Meiner noch bestehn. Ich trage dich ins Wolkenkuckucksheim auf raschem Flügel und bereite dir ein Fest des zärtlichen Erwarmens. Hier liegt die Würze in der Ruh, und deine Seligkeit ist Meines Gegenwärtigseins Idol. Nur, dass Ich deiner Treue sicher bin, in der du Mich bewahrst in deiner Herzensmelodie und ohne je zu wanken. Dann ist alles gut, was du im Leben unternimmst, vom Aufgang bis zum feuerhellen Scheiden.

4.15

Ein Wort, ein Augenblick bringt uns ins Ewige, ins Sein, in welchem weder Zeitliches noch Weltliches sich findet und nur die reine Ursprungskraft und das Glückselig in sich selber Weilen sich besinnt und sich erfühlt im Ewig Dauern. Dieses Ewige lebt auch in dir, du Liebenswürdige, und öffnet dir die Siegel, dass du Verständnis fassest für das Sein in dem du dich bewegst und bist von Zeit zu Zeiten, Ewigkeit zu Ewigkeiten.

Lass es dir gut sein in der wonnevollen Schwebe, in die Ich dich geführt und lass dich immer weiter führen dorthin, wo die Berge der Vernunft und des Behauptens sich verlieren und wo der Seelenraum sich dir erschliesst. Erwäge in subtilem Räsonieren dein Geschick und weihe es voll Eifer dem Bewusstsein, dass du, Meiner Wege würdig, sie beschreitest offenbar und ohne Rast und Ruh dich Meinem Glanze nahst in wunderbarem Streben.

4.16

Spielball der Götter, Knacknuss der Schöpferwesen, Welt wie bist du fern von dem was dir gebührt in deinem Denken. Wie kindlich noch und kindisch sind die Potentanten deiner Oberflächlichkeit, wie ignorant, verschlafen und zersplittert deine krabbelnden Figuren.

Wieviele Runden hast du noch zu drehn, bis sich die Völker auf ihr Menschheit-Sein besinnen, von wieviel Trugschluss musst du dich befrein, bis du in wahrhaft göttlichem Elan, dein wahres Wesen offenbarend, Freude bist und säst in überwältigendem Blühn.

Fürchte dich nicht, denn Ich Bin bei dir alle Tage. Ich schaff in dir Mein zauberhaftestes Gebilde; Mein Sinnen geht dahin, dich in Vollendung Meiner selbst zu sehn.

Erkenne, dass Ich in dir Bin, im reinsten Lichte, dass Ich Träger deines Lebens Bin und Hüter deines Wegs zu Mir in Andacht und Glückseligkeit. Vertraue, baue jeden keimenden Gedanken auf Mein Hiersein und beseele deine Welt mit dem was Ich dir unverwandt verströme.

Sei rein und fülle jeden Augenblick mit heiligem Verlangen.

4.17

Dreieiniges Symbol in dir, in Mir, im weiten Raum, von Kraft erfüllt und Harmonie und Sphärenrauschen. Windsbraut, wirf dich mir ans Herz und weite deinen Sinn ins Unermessliche, das Ich vor dir bezeuge. Von Meiner Kühnheit mach dich kühn im Überwinden deiner Grenzen; im Aether der Unsterblichen erkenn dich wieder und verlass dich auf dein gross gewordnes Schauen. Dafür will Ich von deiner Trautheit mich umspinnen lassen, will in deine Gründe tauchen übersprudelnden Gefühls und deiner Sanftmut mich erfreun. Andacht keimt im Kleinen wie im Grossen, dem wir eingebettet sind, vor soviel Weisheit, Duldsamkeit und soviel Schritten durch Aeonen bis ins Ziel.

Uns sind die Götter dankbar, wenn wir uns Elan verpassen und voll Verve das Werk vollbringen, das uns innewohnt, in unentwegtem Streben. Bist du Meine Schülerin, so Bin Ich gern dein Herr, denn in den Augen des Gesalbten sind die Werke der Getreuen schön wie Blumen rings am Weltenpfad. Die Röslein der Barmherzigkeit sind ihre Gabe an Mein Herz, das Lächeln in den Tag, der Wohllaut den sie still verbreiten, Meiner Freudensehnsucht zu. Nun komm und beug dich mit Mir still zur Krippe nieder und beschau die Anmut, die so lieblich ein so grosses Werk beginnt, uns von der Weltsucht zu erlösen. Wende deinen Blick zum Himmel und vereine dich den Chören der Gefiederten, die hoch im Jubel uns umstehn und in der Rosenseligkeit des Singens.

Schreitende sind wir und dürfen in der Tat das Mal der Göttlichkeit empfangen hier, in diesem allerhabenen Bedeuten.

4.18
Mit einem Lächeln schau Ich, was ihr seid in euren Schauern, was Ich Bin in Meinem Seinsgefühl, denn im Gespiel der Wellen des Empfindens, lass Ich Meine besten Kräfte spielen, lass sich das Leben selber neu erfinden, in Variationen Meiner Lust und Meines Mich Vergebens. So find Ich, was Ich suche: Meines Schöpferdrangs Genügen, find Wonne, wo Ich Wonne will, und in der Wehmut heisse Tränen. Doch Schönheit ist es immerzu, die Ich gewähre in der reinsten Tiefe Meines Götterstils.

4.19
Lassen wir das Geheimnis der Menschwerdung, wie es uns die Meister darbieten, auf uns wirken, durch Jahre und Jahrzehnte, dann mag uns dies verwandeln. Staunen über Staunen öffnet uns das Herz und wir beginnen zu begreifen, was für ein Grosses unser Sein umschliesst und liebevoll durchflutet. Wir erschauern vor der Dauer, die uns bis hieher gebracht und sinken ehrfurchtsvoll vor der Unendlichkeit der Himmelsweisheit nieder.

Was vermögen wir vor solchem grandiosen Seinsgeschehn, wie kindlich sind die Schrittchen, die wir selber im Erkennen tun, vor dem Aeonenschritt des Weltenbebens. Sinne dich hinein in dieses Wunder schöpferischer Pracht. Lausche deinem Herzen, wie es kaum zu schlagen wagt vor dem Erhabenen, das vor ihm steht, und liebe diese Engel, diese strömenden Gewalten, diese grossen Schenkenden, die ihrer eignen Würde sich entblössen, um uns gut und besser noch zu dienen.

Ja, das Göttliche in uns ist wahr und wahrlich im Bewusstsein dürfen wir es tragen. Neig dein Haupt und heb es zu den Sternen wieder in der Seligkeit der Allgemeinschaft, der wir jetzt und immer angehören. Magst du dich besinnen auf den Wert der übergrossen Tat des Menschensohnes, uns zum Lichte des Erkennens unsres Seins zu führen? Du auch wachsest still zu diesem

Wunderbaren in dir selbst heran und wirst es voller Freuden dann begrüssen; denn die Nächte deiner Leiden führen dich behutsam himmelan.

4.20

Bist du in Mir, Bin Ich in dir ein strahlendes Erscheinen, ein Weltenauferstehungsfeuer flackernd hell und schön. Wie grüss Ich dich im Hier, du überragendes Gewissen, wie heiss Ich sonder Treu dich Mein Gefährte in der Einigkeit des Waltens. Sein vom Sein und Sein im Seinenden Bin Ich in unbedingtem Trauen, Bin deiner Wesenheit Gewähr im Seinsgewahren. Voll Liebe ström Ich, was Ich Bin in dein Verlangen, voll Anmut trag Ich Mein Erblühn dir zu in himmeljauchzenden Begehren. Hellwachen Sinnens schmück Ich dich mit Meiner Vision und eile, sie mit deiner Einfalt einzutauschen. Glückseligkeit umbrandet dich vom Atem Meiner Schöne und, begreifend, weihst du dich im Tanz der Universenmajestät. Sie ist ein abergründiges Verspielen, eine Wanderung ins Nichts der Dinge und ein unermessliches Verfluten deiner, Meiner Kräfte in das Glitterwerk der Lebenssinfonie. Nur, dass sie sich in dir erkennt in würdigem Erschauern, ob der Märchenpracht in deines Tuns Bravour und sich besinnt auf dein Besinnen, in der Vielgestaltigkeit der einen Signatur.

Mir hast du deine Gotteswissenschaft zu danken, Mir dein Allverstehn im Zauber des Besinnens. Hoch und Hehr und Niedrig sind die Zeichen Meines strahlenden Vorüberflutens, Innigkeit, im Seelenspiegel Meines Wirkens wonnespendendes Durchwehn. Das trag Ich hier ins sprudelnde Verkünden und ertrag das wundertätige Entzücken in der Lichtheit des Elysiums.

4.21

Im Glanz der Sonne tret Ich vor dich hin, dein Herz zu laben. Von Meinem Sein durchflutet und begabt mit Meinem süssen Lichte reihst du dich in die Gemeinschaft der Glückseligen, die Meine Fülle in sich tragen. Dem Strom der reinen Liebe hingegeben, der von Mir ausgeht, weilst du im holdseligen Lächeln deiner Zeit und badest dich im Hiersein Meiner Anmut. Trinke, trinke, was Ich dir vergeb und weih dich Meinem Willen in der Weisheit deines, Meines Seins und im berückenden Erleben.

In der Heiligkeit der Nacht Bin Ich dir nah und wirke in dir seliges Genügen. In Engelleichte will Ich dich umschweben, dir Meines Daseins Wonne zu gewähren. Das Licht Bin Ich, das dich umflutet, wenn du lauschest in die stille Gegenwart hinein; die Treue Bin Ich, die sich deiner Seele offenbart, in wundervollen Zügen. So fein, so leise wie des Mondes Silberstrahl bedeck Ich dich mit Meiner Güte und verseh dich mit Barmherzigkeit aus Meinem Reichtum, dir zum Tost und deinem Sein zum reich geschmückten Heilen.

4.22

Nenn Mich den Vater auf dem Thron, nenn Mich die Liebe, die Gerechtigkeit, die Schönheit, was du immer möchtest, es ist wahr, denn was auch existiert trägt Meiner Züge feinstes Unterscheiden. Ein Wesen streicht dir übers Haar, es ist von Mir getan; dein Herzblut weint voll Sehnsucht, es ist Meins im innigsten Empfinden. Immer Bin Ich deines Seins Gespan in jeder Faser deines Welterscheinens. Trachtest du nach Liebe: sieh Ich schenk sie dir, nachGüte: lass dich von der Meinen ganz verwöhnen. Spür die Traulichkeit, mit der Ich dich umfliesse, den Mantel der Holdseligkeit, den Ich behutsam um dich leg. Ich wirke deine Schönheit aus dem Seelensein, vertrau dir alles wie ein Kindlein an, dass du es selbstvergessen hegst. So hegt Mein Engel dich geheimnisvoll in Meinen Gründen, so hüt Ich deine Bahn durch Räume Meiner Unverletzlichkeit, durch Zeiten Meiner Hochgeduld in Meinem Dich-Verwandeln. Atme Meine Gunst an jedem Tag der Fülle Meines Unterweisens, in jeder Traumnacht deines Ruhns.

Das hab Ich Mir vermacht in dir und lass es nimmer fahren, das ist Mein Fiebern allezeit und Meine Freundlichkeit in deinem, Meinem Leben. Schau es wirklich an und sei, was Ich dir Bin, in wundertätigem Befrieden.

4.23

Die Gedanken schwingen sich hinauf, wenn sie im Stillsein an sich selber sich erlaben. Hofrat deiner selbst zu sein, weisheitsvoll dein Schiff von Meer zu Meer zu führen, spornt dich Meines Sporns Gepräge an. Bedeutsam ist dein Schaffen, sowie Ich ihm Bedeutsamkeit verleih und Langmut, Liebenswürdigkeit und Kraft im Seinsgenügen. Waltender in dir behüt Ich jede Regung des Gewissens deiner Menschlichkeit in Meinem Wachen, unermessnem Lichte zu. So öffnet sich dein Sinn dem Wahren, das von Mir dich leis umflutet und durchströmt, dem Wunderbaren, dessen Heilkraft dich beglückt und stärkt in unerschöpflich reichem Dich Begaben.

Du bist in Mir in Sanftmut aufgehoben; Zartheit, Leichtigkeit der Sphären und ew'ge Heiterkeit sind deines Seins Gespan und lassen dich im Sinnbild durch die Frühlingslüfte schweben. Jede Wonne, jedes Lispeln der Holdseligkeit wird deinem Wesen leis von Mir zuteil und deine Wege blühn vom Wirken Meines liebevollen Nährens. Dein Streben findet unverhofft Mein Ziel, in dessen holder Innigkeit die Sterne leuchten, dessen Wesen ist die lautre Harmonie. Denn aus der Seelenstille des Gerechten steigen die Gestalten genialen Schöpferwaltens, aus der heiligen Dreieinigkeit die reich bewegten Formen offenbaren Seins im Kreis der Variationen.

In Meinem lichten Schauen bilden sich die Dinge leichten Fliessens zum vollendeten Gehaben und erlaben sich an ihrer eignen Schöne. Unversehrtheit in der Schwebe ist Mein Ruf.

4.24

„Es ist wirklich alles gut mit Mir in alle Ewigkeit", sag das zu dir Mein Täubchen. Im Morgenlichte der Erkenntnis überstrahlt dies Wissen dein Bewusstsein, dass du Bist und ewig deine Kreise ziehst im Götterbunde dem du angehörst. Da gibts kein Wanken. Deine Kräfte sind so überragend, hell und unerschöpflich, dass du als ein Herold deiner selbst dein Licht verkündest und im ewigen "Ich Bin" dein wahres Wesen offenbarst.

Die Fülle reiner Freude spricht aus dir, die Sicherheit des Seins ist dein Triumph und schwebeleichte Heiterkeit dein Allbetragen.

4.25
Die Güte deiner Seinspräsenz enthüllt dir, was du immer dir ersehntest, das Lied der Freie, das du singst, ist deiner Seele Brautgesang, mit dem du dich dem All vermählst im zärtlichsten Umfangen. Du tauchst in deiner Mitte eignen Strudel, badest dich in deiner brodelnden Potenz und ziehst wie ein Geschwader schneller Schwalben vor dir selber her, Unendlichkeit zu kosten.
 Wie die Winde in des Himmels heiterer Glasur, verschwebst du dich ins Blau des Aethers, mit dem Schrei der Nachtigall entzündest du das Herz der Liebenden, dass sie sich süsser noch und weich von Zartheit in der Winternacht umfahn. Du, Zelle im Gewand der Gottheit, du, erwachte Königin im Reich der strahlenden Bewusstheit, in der Zierde deiner Anmut, in der Gläubigkeit der Augensterne, die sich an dein Ebenbild vertun. Du Bist mit allem Sein, geschwisterlich dein überragendes Idol, in dessen Fülle sich die Woge Lebenslust äonenlang zum Sieg erhebt im Jauchzen.

4.26
Geliebte Meiner Herzlichkeit, wie kann Ich dich im Sein für deinen Heldenmut belohnen. Ohne Zweifel wird sich deines Zweifelns Trächtigkeit wie Spreu im Wind verlieren, wenn du in Meinen Räumen dich bewegst. Es leuchten dir die Sternenaugen wie Geläut zur Heimkunft in Mein Reich, das deins ist immerdar im Einssein aller Wesen. Verwirf die Falten im Geschick und folge dem, was Ich dir ins Gewissen trage, heil und heilig in der schlichten Weise Meines Mich Verlierens. Voll Güte tauch Ich hell in dein Befinden und erheitre was du bist in liebevoller Weise, leisen Saitenschlagens, deiner Seele ins Gehör.

4.27
Ich erfülle deine Kammer wie dein Herz mit Engelsgesang, derweil du noch im Schlummer liegst und in den wunderbarsten Träumen. Nichts soll dir fehlen, was dein Glück und deine Seligkeit vermehrt, und jede Regung deines ruhenden Gewissens soll von Zärtlichkeit und

liebenden Begreifen zeugen. Ja, Ich Bin dir in den Seelengründen nah und du erfährst Mein Hiersein feiner als den Hauch des Winds im Sommergarten, lieblicher als eines Kindes Lächeln im versunknen Spielen, hingegebener als im Lauschen nächt'ger Zweisamkeit beim Kerzenscheinen.

Alles ist verwandelt, was Du Bist, in dieser Stille des Erkennens deiner innigsten Bezüge. Alles ist ein Fest der Fülle im Vollenden, eine Sinfonie der Herzlichkeit, die dich umflutet und mit Heiterkeit begabt, in vollen Zügen. Deines Wesens Kräfte recken sich zu wonnelichten Taten der Begeisterung, dein Atem ist erfüllt von Lebenslust und Frische und die Augen blinken wie die Sterne in der Morgenharmonie.

So seh Ich dich in deinem Seinsbefinden, so trau Ich dir das Beste zu, in deinem Lebensschreiten. Sei getrost und mutig in der Anmut Meines liebenden Umfangens.

4.28

Koste du den Reichtum dieser Tage, seeleninnig, in des Abends makelloser Ruh. Du siehst dich wartend warten, bis der fein gewordne Atem dich erkennen lässt, dass du hier Sein vom Sein bist, in der Lauterkeit des Friedens.

Eine Glückliche bist du in allen Fasern deines Wesens, wie in einem Zu-dir-selber-Auferstehn. Ja, so soll es denn geraten, was du so ersehnst und soll dir liebevoll geschenkt sein in den Gärten des Bewusstseins, die du ahndungsvoll durchwanderst. Voll Dankbarkeit wird sich dein Herz in diese Weite schmiegen.

4.29

Bist du Zeuge deiner Wachheit, Jauchzende im Schoss der Sphären, deiner Tage glänzendes Juwel? Die Winde treiben dein Begeistern an, die Schlösser klirren dir Befreiung zu, derweil du stehst im Strahlenglanz des neu erwachten Lebens. Satt von Freude, schwer von Tatendrang enthüllst du vor dir selber deiner Fähigkeiten schillerndes Gepränge; freiern Atems sinnst du allem, was dir frommt entgegen und verneigst dich vor der Güte des Geschicks, die dich zu solcher Seligkeit erhoben. Lass dich von der Wonne reinen Seins geflissentlich durchströmen. Gedankenschnell gewähr Ich dir den Zauber des Erhebens und entführe dich zum Licht, in dem Ich throne. Du verströmst dich ganz in Meines Wesens strahlende Unendlichkeit und spürst unendliches Beglücken. Denn wo Ich Bin ist seliges Genügen, Einheit allen Seins und Zärtlichkeit des Weilens. Voll Entzücken lauschest du dem Sang der ewigen Beschaulichkeit, in der ich wese; du gewährst dir selbst die Freude deines Herzens, indem du dich an Meine Freude schmiegst und in vollendeter Manier dein Sein geniessest im Allherrlichen der Sphären.

4.30
Ich trage Mich im Allertragen durch die Ewigkeit des Seins im Unergründlichen und wirke, Meines Wesens Kraft gemäss, das Welterscheinen. Wachsend und gedeihend seh Ich Mich in Meiner Sendung unaufhörlichem Vermehren, hegend, was Ich Mir in hingegebner Güte Bin, voll Muttersorglichkeit. Die Weisheit Meiner Weise hab Ich in dir hochgezogen und erhalte sie im Blühn, in unerschöpflichem Gedulden. Bin Ich dir nah, so ist's ein einzig Lichtumfangen. Füll Ich voll Zärtlichkeit den Raum in dem du wesest, ist's ein unermessliches Beglücken. Leichtigkeit und Frieden sind Gefährten deines Herzenswohls und deine Züge glätten sich zum Lächeln der Holdseligkeit, in wundervollen Tagen. Meiner Liebe Lieblichkeit erfüllt dich wie der Rosenschimmer in der Morgenfrüh und verweht sich lächelnd in dein hingegebnes Schweigen.

4.31
Dreieinigkeit im Sein und Werden, Makellosigkeit in jeder Geste des gestaltenden Verweilens, Ausdruck Meiner Züge, Fabelhaftigkeit im Offenbaren, Klang von heiterem Besinnen im Azur. Die Weise reiner Weisheit spricht dich liebvoll an und nährt dein Seelensein mit Wonne des Begreifens. Ohne Zögern folgst du dem Verklingen Meines Tönens und vergisst dich an die letzten Wellen, die dich in die Zärtlichkeit entbinden. Sein im ewigen Umwinden ist dein Ziel.

Von Bewegtheit kommst du dann zur Ruh, von Zerstreutheit zum Empfinden einer grossen, brüderlichen Liebe im Umfangen aller Dinge und Gegebenheiten, im Berühren dessen, was die Menschen sind und waren und im Heil Verströmen ins Unendliche der Seins Natur.

Getrieben eben noch und nun die Treibende von neuen Blüten, trittst du ins Abseits des Weltenstroms, bewirkend was du wirken willst in Herzensandacht und Behagen. Betrachtend stehst du deinem eignen Wesen gegenüber und befruchtest es mit liebevollen Gaben. So fühlt es dann des Friedens sänftigliche Züge, so darf es sich ans All verschenken und an jedes Du, dem es zutiefst verbunden.

Wie eine Weihe ans Unendliche vollzieht sich dann ein jedes Regen und Bewegen, wie ein feierliches Schreiten lässt sich dann das Streben an nach Klarheit, Würde und Gediegenheit im Werken.

Allwie der Sonne milder Abendstrahl legt sich die Heiterkeit auf dein Gemüt, verbindend es mit dem unendlichen Befrieden, das die Himmelssphären immerfort durchzieht. Im Glanz der Gegenwart glänzt dann das Künftige und führt die Seele ins beglückende Vertrauen.

4.32

Was hast du von der Welt, wenn du sie nicht in Mir begründet deine nennen kannst. Was kann schon aus dir fliessen, wenn nicht Mein Fluss mit deinem sich vermählt zum fliessenden Gedeihen. Bedenke du Mein Kind, dass Ich mit Meinem Herzblut dich ernähre; sei fromm, wenn du nur Meines Namens dich erinnerst, im gewaltigen Weltenbrausen. Denn Ich Bin ohne Laut Gedankenwehn, Bin deines stärksten Fühlens zartester Inhalt in der Melodie des Seins, in die Ich dich geschlungen.

Weise Meiner Weisung Ehrfurcht und Beachten zu im täglichen Bemühen. Was nützt dir alles, wenn du nicht den Nutzen Meiner Innheit dir erspürst im Wandelbaren. Sei immer froh, denn Mein Bewegen hält dich rein von Ungemach und Not. In Mir allein ist deiner Stärke Rauschen, in Mir eröffnet sich dein Künftiges zu wahrer Glorie und Harmonie.

So lass dich denn in Herzenstraulichkeit von Mir umfangen, bereitend dir unendlich feines Wohl in leuchtendem Erlangen. Lass Fahnen wehn der Zuversicht in Meinen Winden und beschreib dich selbst in Meines Bogens weitgedehnter Fülle, dessen unverbrüchlich Teil du bist, im Glänzen.

5

Gestillt im stillen Reich

5.1

In sich selbst beglückt die Seele sich, wenn sie so da ist, ohne Absicht im Verweilen. Dem Fluss der Zeit dahingegeben bleibt sie ohne Einfluss und berührt das Sein in ihren Tiefen. Hier erkennt sie sich in ihres wahren Wesens Eigenart, auf Du und Du mit dem, was hinter den Erscheinungen sich selber ist und sie hervorbringt in so liebelichtem Spiel, dass sie darob in sich erstaunt die höchste Seligkeit empfindet.

Als eine Gläubige von Gottes Gnaden stellt sie sich selber dar, behütend des Erkennens Kleinod, das ihr die Weihestunde wohlgefällig in den Sinn gelegt. Von ihres eignen Strahlens Sonnenglanz beschienen, sieht sie sich getröstet und gerüstet in Äonenweiten eingebettet da zu sein in ihrem Wehn. An nichts mehr fühlt sie sich verloren, indem sie sich dem Sein ergibt; von jeder Bindung an das Weltliche befreit, ist sie zum Licht erhöht in ihren leis bewegten Schleiern.

0 Selige, vom Zug der Wanderschaft erlöst, gewährt dir das Befreitsein Eigenwillen und Gewissheit deiner selbst im Glück des Augenblicks, in deines Daseins überströmender Gebärde.

5.2

Ich wache und erwache hier als der, den niemand kennt in Seiner Würde, Seiner Unbedingtheit, Seinem Glanz und Seinem Allbegreifen. Meines Wesens Weite ist der Raum der Sterne, den Ich in Äonen Mir beschwor, Meine Sachlichkeit: Mein Wollen und Gefühl, die Ich zum Blitzen der Gedanken füge. Sein im Sein ist Meines Inneseins Devise, Lauterkeit Mein Allgewissen, vor das Ich lächelnd Mein Bedeuten leg.

5.3

Gottes Schwinge, Gottes Schwung ist alles, was Ich in den Zeichen seh. Geist der Labung, Geist des Glücks in allen Runden. Überschwang des seligen Gefühls der Allgeborgenheit im Reinen. Meine Dinge weiten sich im Strom der Güte, der die gross gewordnen Zeiten mit sich in die Ferne trägt, Mein Befinden ist der Heiterkeit anheimgegeben und erklärt sich vor sich selbst in wachem Überschauen. Freudentänze schwingen sich durch Mein Gemüt im Klingen wahrer Wohlfahrt, der ich fasziniert den Sinn entlausche. Licht und Widerlicht erhellt Mein Sein in wundervollen Sphären in der Macht des Deutens, und die vollen Sänge der Gerechten wogen, Feuern der Begeisterung gleich, vor Meinem Sinnen her und hin. Vollendung in der Zärtlichkeit des Allerbauens ist allüberall zu sehn, und die Erhabenheit der Geister streift die Dinge liebevoll im Übergleiten. Holdseligkeit darf hier die Seele kosten im Geschmack der guten Gaben, die sich lockend ihr entbieten, denn im Aufblühn der berückenden Gefilde sammelt sich ihr Wohl.

Die Schönheit offenbart sich und enthüllt Mir Angesicht und Glieder in der Anmut ihrer Züge, dass die Augen baden sich im Unvergleichlichen. Linde Lüfte, satt von Duften der Allherrlichkeit durchreisen sanft den Äther Meines Auferstehns und gleiten liebelicht dahin in ihrem Dauern. Sinn und Sein vermählen sich in zart gefiedertem Umfangen und feiern in Behutsamkeit und Pracht ihr Bündnis in der Ära des Verschmelzens. Alle Dinge sind im Lot und sprudeln ihre Kraft in Himmelshöhn, derweil die Sinne am Geflüster ihres Bebens sich ergötzen. Weisheit und Gerechtigkeit des Wägens thronen wohlgemut auf ihren Sitzen und verbreiten, was sie sind im Sonnenstrahl.

Das ist des Schauns erquickende Gebärde sonder Tugend in des Tages reif gewordenem Befehl.

5.4

Liturgie des Seins am Ort der Stille. Wachheit, Überwachheit, im geschärften Sinn unendliches Befrieden. Raumerfüllendes Gefühl der Freie, makellose Sicht auf die Gesetze der Allherrlichkeit im Staunen. Zärtlichkeit des Sich-Vergebens an die Wesenswelt der Himmlischen, Seinsumfangen seelenweit in lächelnder Manier. Morgentau in allen Fibern. Leuchtekraft im Strahlenbau des Absoluten. Jedes Schöpfungsgran in Mir Verheissung und verheissungsvolles Ziel.

5.5

Im Sternenfall erscheint uns das Symbol der Gottheit blühend im Unendlichen und dann getaucht ins grosse Schweigen, dem wir nimmermehr entgehn. Denn das Geheimnis unsres Wesens ist ein Rätsel, das sich selbst zu lösen trachtet, ohne Ruh und das sich in der Ruhe nur erlöst im überwältigenden Lösen.

Wirft das Menschenrätsel alles eigensinnig Glänzende, Vermummende von sich, so steht es endlich, seiner selbst entledigt, ganz im wahren Wesen da als Urkraft des Bewegens, die als dieselbe sich an jeder Stelle des Erscheinens offenbart. Sie handelt, wenn wir handeln, sie fährt in jeden blitzenden Gedanken, wenn wir denkend uns verstehn. So mögen wir denn schweigend, was wir sind erfahren und im Kleinsten noch das Allgewaltige sehn. Wir mögen stumm und doch zutiefst bewegt auf unser Schicksal schauen und allsogleich dem Schicksal einer Gottheit gegenüberstehn. So sind wir allem inniglich verbunden und erfahren Freud und Leid in Seinsgeschwisterschaft mit allen Wesen, die, empfindend ihre Lebenskräfte, uns umwalten.

5.6

Im Spiel der Kräfte Bin Ich nichts als Lichterscheinen, ohne Frage, ohne Ziel, Bin Selbstgenügen in der Heiterkeit des Seiens, Lächelndes Begreifen füllt Mein Innesein mit zauberhaften Klängen, die die Räume Meiner Gegenwart beseligend durchwehn. Freuderfülltes Schweigen ist Mein Hiersein in Besonnenheit und Ruh. Vom Quell der Lauterkeit Mich labend, tret Ich hinter jede Spur und atme reine Lust in unaussprechlichem Behagen. Ich fasse Mut im Mutvoll-Mich-Vergeben. Des Agierens Stärke Bin Ich in der unvermittelbaren Weihe an das Sein, aus dem in Strömen alles Treffliche in Mein Gestalten fliesst. Die Ränge des Bewusstseins wandl' Ich seelenruhig in der Zeit hinan, verwandelnd, was Ich Bin in Klarheit und Gediegenheit ununterbrochnen Werdens.
So feir' Ich Meine Abkunft und erreiche, seligmachenden Gedenkens, das ersehnte Ziel.

5.7

Ich Bin geklärtes Sein in wundervollem Mir-Entsagen. Leuchtenden Gemüts verweil Ich in der Zartheit des Erlebens, wie im sanft gestrichnen Wohl. Der allbewussten Seligkeit ergeben schau Ich Blüten des Erinnerns in der Schwebeleichtigkeit der Sphären und erfahre strahlendes Beglücken in der Reinheit des gestalteten Geschehns. Die Wiederkunft der Schönheit feiernd, reise Ich im Lächeln durch den Sinn der Zeit und mehre die Holdseligkeit des Seins im Ewig-Währen.

Ja, in uns will Göttliches sich vollenden. Alles Gute, Schöne, Ausgezeichnete liegt schon in uns als Vorbild des Entfaltens. Leise, leise öffnen sich die Flügel unseres Schwebens, Wundervolles wächst von Tag zu Freudentag im Unsichtbaren, wenn wir's pflegen in Gedankenfülle und erhabnem Tun. Wir wogen uns die Früchte reiner Sehnsucht ins Gewahren und bedeuten uns, was den Gefühlen recht gefiel im Wunderbaren. Trautheit schwingt sich wie Geläut ins Ätherglänzen und vermengt sich mit der Freude fein gefühltem Beben.

5.8

Ich lebe, webe, Bin ein Abbild Meiner Seinspräsenz im Blauen. Mein Zeichen sind die Sonnen in der Universenkraft, Mein Sein das Mich-Verbergen hinterm Lichterscheinen. Sagenhaften Glanzes leg Ich Meine Würde bloss, unermessnen Kreisens kreise Ich um Meine Mitte in der Sternkunst jubelnder Gewähr.

Mein Wort: die Stimme der Propheten, Mein Singen: eine langgedehnte Melodie von Schönheit und Begaben. Geläutert Bin Ich in Mir selbst von Anbeginn in Unberührtheit Meines Wesens. Wachheit spinnend tret Ich aus dem Sein hervor in die Vielzahl Meiner Abgeschiedenheiten. Selbsterkenntnis steht bevor in jedem Gran Bewusstheit, das Ich um Mich sprüh.

Ohne Zweifel ist Mein Sein Glückseligkeit an sich im ew'gen Bogen. Makellos in Meiner Innheit trag Ich Mein Befinden in die Winde Meiner Wahl und überschatte mit dem Licht von tausend Gnaden, was Ich von Mir ins Kosmische gerufen. Seinspräsenz in allem Bin Ich, ohne

Wenn und Aber, eine Glut von unstillbarer Dauer, Manifest von Siegeskunst und Roh.

Ich wirke, mit Mir selbst im Reinen, bündle, unbescholten Meinen Strahl, die Welten zu beleben. Seinsdurchströmt von Meiner Glorie sind die Hüter Meiner Andacht, eingebettet in Mein Hierseins Allegrie, von Unbeschwertheit nicht zu sagen. Mein ist die Wiederkunft der Wesen in der Zartheit des Elysiums, Mein ist ihr Lächeln, wenn sie Meinen Gruss verströmen in die Weiten des Allherrlichen. Ich Bin und tauche, was Ich Bin ins Schweigen Meiner Unerforschlichkeit, in Himmels Namen. Derweil Ich Mich im Sein befinde, künden alle Glocken des Erfülltseins die Geburt des grossen Wohls. Harmonie in absoluter Klare breitet sich vor Mir ins strahlende Unendliche. Das Raumerfüllende Bin Ich, in grandiosem Überragen. Hinter jeder Form das unerkannt Zurückgetretene, beding Ich doch ihr wesenhaft Gedeihendes in unaufhörlichem Gewähren. Ausbund des Gestaltens wirke Ich wahrhaftig das Entstehen und Vergehn auf jede noch so viel versponn'ne Weise und ergötze Mich an dem, was war und ist und sein wird in der unermessnen Folge des von Mir berufenen Gedeihens.

Nenn Ich es Weisheit, nenn Ich's Glück, ist's Wohlverstand und unerschöpfliches Begüten, immer ist's ein Spiel des Nimmer-Mich-Verlierens, denn so gross ist Meines Wählens Anstoss und so mächtig Meines überschauenden Geduldens Ziel, dass alles rollt und niemals ausrollt in der Myriadenspanne unaufhörlichen Vollendens. Dabei Bin Ich in Meiner überird'schen Lichtheit allem Wesenhaften das verbindende Idol; die Ruh Bin Ich in ihm und die entsagende Genügsamkeit im Vollblut Meines Wirkens. Mein Gepränge ist in milder Schlichtheit schön. Ich fasse Mich - und alles ist gefasst; Ich suche heim - und jedes Gran des Auseinanderstiebens wendet sich zur Innheit und verweilt im seligen Beglücken, das Ich Mir selber Bin im Wandel der Äonen. Anmut Meiner Stärke, Zeilenfall gesummter Variationen, lagenfein gelegte Signatur des Zeitgerieseis. Was immer Ich bewege, träumt von Ewigkeiten, wie immer Ich Mir im Befinden Bin, betrifft es Milliarden. Auf ihrer

Wege Kreuzung kreuze Ich Mich selbst im Strudel der Gegebenheiten, ihres Wasserns Not taucht sich ins Weltgefühl, mit dem Ich Meinen Sinn belade.

Blank ist Mir alles in den Zügen des Gewissens, Natürlichkeit ist Meines Treibens Los, mit der Ich alles, was Ich will, besiegle. Ich baue auf Mich selbst in unerschütterlicher Würde, leiste Meiner Andacht Vorschub in den Zwischenräumen Meines Mich-Erdomens. Mein Unendliches ist gross im Seinsgewissen. Ewig ist Mein Tag, in dem Ich Meines Unterfangens Zärtlichkeit verspiele.

Nichts als heitre Sterne sind von Mir in Sichtbarkeit getreten. Meines Fühlens Wirkgewoge ist nicht einzusehn, noch Meines Willens abergründiges Glänzen. Stillesein im Stürmen, Lächeln überall Verbreiten ist Mein Seiens Glorie im Zug des Werdens und Verglutens. Niemandsland für Denker Bin Ich, reingefegt vom selbstbespiegelnden Gefühl in Meiner Gaben absichtslosen Höhn. Mich selbst bewahrend, währe Ich im Jauchzen des Elysiums, die Ziele setzend Meines Innehaltens, leiste Ich Beformen in allherrlicher Gewähr. Minne in Gezelten, wohlbedachtes Kreisen, Rhythmen, Tanz, Gesetzlichkeit und stärkendes Verbinden ist Mein Spiel. Nur am Sein sich zu erlaben trachtet alles, was Ich Bin im wogenden Begreifen. Nichtigkeit und Neuheit geben sich die Hand im Zeitelan; die Wesenskraft der Läuterung gebiert Erkennen und Versöhnen in den Aberrunden des Geschehns. Mich selbst zu hüten ist die Zierde Meiner Taten, Mein Ausgehn zu bestimmmen und Mein Wiederfluten in die Heimkunft: Meines Überragens Grazie, mit der Ich alles, was Ich will verseh.

Mein Sein ist Schweigen vor der eignen Inbrunst, Mein Glückseligsein das Ruhn in Meiner Eigengründe Schoss, in namenlosem Träumen.

5.9

Leben, Lieben und Sein Bin Ich in unveräusserlicher Stärke. Glanz des Himmels, Weiten überfahrend, allerfüllender Präsenz. Idol der Heimlichkeit in Meinen Gliedern. Wachsen in der Wucht der Allgeduld, Behutsamkeit in jeder Knospe Meines Blühns.

Ich stelle Mich Mir dar als weihevolles Schwingen in den Sphären, als lichtdurchschossne Einheit, als Gestaltender des Sternenarsenals. Mein Leuchten ist ein friedefertiges Beschauen der Gerechtigkeit in der Ich wese, Meine Zierde sind die Wesen reinen Selbstgewissens, die vor Mir die Kunde des Erwachens lassen auferstehn. Geführte des Berührens grosser Dinge, schreiten sie aus Meines Tempels Glorie und giessen sich ins Wachsen der Gesetzlichkeit im Weltgebären. Mein sind sie in jeder Faser des Geschicks, aus dem die Formung sich erhebt ins Allgeschichtliche; Mein Sinnen sind sie, wie das Klingen einer unermessnen Melodie.
Ich liebe, was Ich, lächelnden Gebietens, in Mir selbst verbreite. Wesen über Wesen streu Ich in die Weite Meiner hehren Signatur und wirke so bis ins Geringste der Geschöpflichkeit im Adel Meiner eignen Gnaden. Ich lausche Meinem Ruf im Wehn der Abgeschiedenheit geheiligten Empfindens. Es schmiegt sich All an All in Meiner Ruh und wächst ins Traute Meiner Freundlichkeit in überwältigendem Siegen. Gelingen ist in Mir, wenn alle Dinge schweigen und die Stimmung strömender Glückseligkeit Mein Sein bewegt. Allerhobenheit ins schwebende Vollenden ist Mein Teil im Benedeien dessen, was Ich Bin vor Meines Schauens lichter Elegie.

5.10

Des Handelns bar, ein Handelnder in fliessendem Geschmeiden, hinter dem Ich steh. In den Räumen Meines Mich-Begreifens Bin Ich heimisch wie der Schnepf im Röhricht, überwaltend Meines Waltens Liturgie. Was Ich finde, findet sich im Allkreis Meiner Gegenwärtigkeiten, was sich Mir verliert, ist Saatgut des Erhebens. Losgelösten Weilens heiss Ich Mich im Sein willkommen, lächelnd Heiterkeit ins Strömen wohlgefühlter Harmonie. Der ruhigen Bedachtheit Züge offenbaren sich im Reinen. Ganz Gestilltheit in der Stille des Erkennens Bin Ich, wissenden Behütens, Born der Seligkeit soweit Ich reiche, fern vom Zeitlichen.
 Schwebende Wahrhaftigkeit im Schwingen Meiner Melodie von Einklang und Erheben; Weihung an die Zauberkraft des Leitgesangs, der Herzensfreudigkeit

verbreitet und Ergeben in den Duft der Weisheit, der sich seelenruhig durch die Räume des Beschauens zieht.

Ich webe das Geringste und das Allgewaltige in Meiner Würde Schoss und führ es spielend in des Seins beglückendes Entgleiten. Meines Wirkens Zeuge Bin Ich hier im Zeitenfliessen, Überschauer Meiner Gegenwart in Glanz und Ruhm und lächelnder Bewusstseinsklare. Im Equilibrium des Seins geborgen, deut Ich das zu Deutende im Einklang mit Mir selbst und mit den Wesen Meiner Einigkeit im Weltenweben. Meiner Weise Weisheit breit Ich um Mich her, verbreitend sie ins Fabulöse weiter Fernen. Zug um Zug beweg Ich Mein Gedenken ins erhabne Meiner Kunst, die Sternenräumlichkeit in Mir zu deuten. Mit dem Mantel Meiner selbst umwunden, schweben die Getreuen Meiner Schaukraft durch das Sphärenlicht dahin und lassen sich von ihm beglänzen. Meiner Benedeiung Wagemut begleitet, was sie werdend sind, in Wesenseinheit und beglückender Gewähr.

Als Seiender ist Mir das Allerfüllen die Bestätigung der Sagenhaftigkeit, in der Ich Mich erlebe. Alle Wunder des Bewusstseins fass Ich rundherum in eins zusammen: Gegenwart zu sein an jeder Stelle Meines Mich-Besinnens. So ist jedes Hochgebet in Mir präsent, mit dem Ich Meine Würde preise, so bereite Ich Mir selbst Genügen in den wachsenden Genügsamkeiten Meiner Seinsstruktur. Beglaubigt ist, was Ich in Meine Himmel hebe; im Odem der Begeisterung entlass Ich alle Dinge in die Strebsamkeit nach Sein und wäge, was sie sind in unablässigem Erwägen. Ich merke Mir Mein Reifen in der Einfalt des Gewissens und vermehre das Vollenden im Verfeinern der Empfindsamkeiten Zug um Zug.

Des Seiens Meister zieh Ich jedes Bündnis Meiner selbst ins Makellose Meines Schweigens, wo die Winde des Gewaltens selbstvergessen ruhn und nur Glückseligkeit im Mass der Dinge liegt, die Meinen Sinn in Zartheit und Erlesenheit bewegen.

5.11

Dein Weltlichen entnabelt steh Ich, ein Flussgott, in der Zeit auf Wandelfüssen und gebärde Mich wie einer, der sich selbst befiehlt. Verwegen ist Mein Tun, ein Necken und Versuchen der Versucher, Selbst-Vertrauen Meine Melodie an jeder Wende Meines schicksalsschweren Gangs durch triefende Gezeiten. Was Ich noch will in Meines Wollens Unterfangen, form und beleb Ich tatenfroh in nimmermüdem Drang zum Werken vor den Toren Meines Seins, in dem Mein Allerheiligstes beschlossen. Denn nur in Meiner letzten Würde Bin Ich wahrhaft gross. Von da, wo Ich Mich finde in der Einheit Meines unerforschlichen Bestehns, vollbringe Ich, was Meiner Andacht frommt, in wundertätigem Bewegen. Ich trete aus Mir selbst hervor, wie aus dem Zelt der guten Gaben und beglücke Mein Beginnen mit der Urkraft fliessenden Gebärdens, satt von Weisheit und voll mütterlich befrachtetem Behüten. Güte nenn Ich Meines Sorgens Anteil am Befinden der von Mir ins Sein gesetzten Wesen, Zartheit Meine Eigenart, die Dinge Meines Wachsens zu berühren. Was Ich dort im Zeitlichen gestalte im Äonendulden, ist in Mir schon gross. Ein Flügelschlag erhabenen Gedenkens macht die Welt und läutert sie in Dräuen und in Kosen. So stapf Ich unverdrossen vor Mich hin, die Muskeln regend Meiner Schaukraft und das All bewegend nach dem Mass des überirdischen Gewinnens.

Ziehn und stossen und zugleich beruhn in glänzender Gediegenheit, im wachen Augenblick brillantner Augen, in elysischer Genügsamkeit, dem Wunsch abhold Mich Meiner Einheit zu entheben. Ewig lächelnden Gewissens ruh Ich in Mir selbst und bade Mich im Lichte Meiner Wesenhaftigkeit im Blauen.

Unvermählt und unverschlossen Bin Ich das Gezähmte und Befriedete an sich im wunderbaren Einklang Meines Sebstbefindens, in der Tröstlichkeit des Allverstehns und in der Harmonie des Schönen, das wie die Sonne Mich bekleidet und wie die Nacht der Sterne traulich macht im traulichen Gehaben. All-nacht, All-Licht, All-geheimnis in der Weise Meines Mich-Besinnens auf Mein innerstes Idol. Ins Nichts verfluten, namenlos und selig in der Seligkeit der Seinsnatur.

5.12

Ich Bin Mir selber Heim und Krone in der Sicherheit des Mich-Gebärdens. Jeden Unmut lass Ich schleunigst los in Meinen Wägbarkeiten. Gedankensplitter fass Ich souverän zum Mosaik zusammen Meiner Bildkunst und gestatte Mir kein Deuteln an der Wirklichkeit des Ausdrucks in der Sprache Meiner absoluten Harmonie. Bewusstheit ist es die Ich pflege, Gedankenklarheit im Verbinden Meiner Werdekräfte zur gesammelten Idee.

In Schönheit ström Ich Mein Gedenken nieder in die Sterne Meines Wählens. Verfliessendes wird Bildnis; Bildnis muss sich selbst zerstören, um die Kräfte zu befreien, die sich dienend ihm vertan. So ist Meinem Fluss Lebendigkeit beschieden, so gewinn Ich Neuheit in den Tiefen Meiner Seinsstruktur.

Alles hegend, alles mit Bedacht und Güte ins Vollenden treibend, lös Ich es doch auf, sowie es sich ins Volle seines Ideals gegossen. Nichts zu greifen ist in Meinen Gründen. Flüchtigkeit ist Meines Seins Bravour, und Meines Kreisens Unermesslichkeit ist Ausdruck dessen, was Ich Bin im Weiselosen.

5.13

Mein Begaben ist der Sinn für Variation. Aus Urbewusstheit makellos hervorgegangen, führ Ich Meiner Dinge Überfluss ins zahlenlose Sich-Verstreben. Im Stoss des Eigenwillens greifen sie ins buntgescheckte Treiben und vermehren seine Farbigkeit im Zeichen resoluten Tuns. Wie sich die Zellen des Gestaltens neuer Form vergiessen, reckt sich ihre Vielzahl unaufhaltsam in den Ausdruck des Persönlichen. Ein Weltenbild entsteht im Wachsen der Strukturen und ein Netz gefühlsbedingter Unruh im gemeinschaftlichen Streben. Überschauend schau Ich der geschäftigen Vielzahl Nacken und begreif ihr Greifen in Mir selbst, in ungebundnem Mich-Verbinden.

So nistet sich das grosse Sehnen nach der Heimkunft ins Gemüt der Myriaden. So fassen sie sich im bedingten Taumel in den Selbstwert ihres Seins und heben ihres Wollens Züge in die Leichtigkeit der Sphärenharmonie.

Ihr Soll ist Meines Willens Zug ins unergründliche Vereinen. Ihr Seinserkennen Meiner Seligkeit Gewähr im eignen Gluten. Im Höchsten ist die Güte das Panier, im Summen Meiner Weisheit schwirren die Atome ihre Bahn, dann legt sich das Geschwirr zum wunderlichen Frieden in der Losgelöstheit aller Dinge im Azur.

5.14
Blüh ich auf in stiller Stunde
jubelt Mir das Herz von ungefähr
jubelt aus erhabnem Grunde
den Ich mir gewissenhaft erklär

Federleicht wird alles, was Ich Mir bedeute
wenn Ich so gehorsam Bin
dem bedeutungsvollen inneren Geläute
das erfüllt Mir vollends den geneigten Sinn

Darf Ich so ins Wunderbare fliehen
dem Ich gerne untertan
scheint Mir alles neu gediehen
in des Lebens losgelöstem Bann

Und die wahren Dinge stehen
sonnenklar vor Meinem Sehn
in urewig feinem Wehen
lassen Mich hinübergehn

In das Reich der guten Gaben
dem wir all entsprungen sind
zu des Daseins drängendem Gehaben
für den Ursprung taub und blind

Hat die Seele wieder sich erhoben
darf sie schauen offenbar
wie geheimnisvoll verwoben
alles Tun schon immer war

Mit des Seins bewussten Gründen
die in selger Wogenei
ihres Wesens Heiligkeit verkünden
im abergrossen Weltenei

5.15

Ieh blüh im Absoluten wie die Hyazinthe, wie der rote Mohn. Von Freudenfeuern Meiner Künste rings umflort, Bin Ich der Wissenschaft des Seins bedingungslos ergeben. Weisheit flutet Meinem Eifer dienstbereit entgegen; Meine Weise ist des Lächelns trauliches Mich-selbst-Verstehn. Es liegt in Meinem Herzblut ein so tief beseligtes Signal, dass meine Lebensdinge makellos sich präsentieren und der Gang der Welt in Spuren des Vollendens sich vollzieht.

Dem Sein in Wonne Bin Ich losgelöst verschrieben, in der Achtung auf Mein innewohnendes Begüten. Hohen Dankes Mass bewegt Mein Sagen und verweht sich ins Unendliche der Himmelszartheit. Sein ist liebevolles Sich-ins-Leben-Schmiegen im Berufen der Gerechtigkeit und Reinheit aus gewissenhafter Wahl, Frieden ist es im Geloben von Genügsamkeit und Treue, in der Kunst des überirdischen Begreifens.

5.16

Ich steh im Lichte, allem Trug enthoben Meines Eigenwahns. Geläuterten Befindens schau Ich Meines wahren Wesens Zug von kräfteströmendem Entfalten. Mein Ein und Alles Bin Ich in der Einigkeit des silberglänzenden Bezugs, den Ich zu Meinen Gliedern habe. Nie gebrochne Wachsamkeit erklärt sich aus der Seinspräsenz in der Ich wese, Frieden des Gemüts aus rieselndem Vertrauen in Mein unbedingtes Walten.

Mir selber schutzlos preisgegeben Bin Ich, weil Ich keines Schutzes doch bedarf, in Meinem Allgefühl. Unbeschwert und ungezwungen steh Ich in des Selbstwerts seligem Geniessen, zeitenfroh. Meine Gänge zu Mir selbst sind wie das Aufwärtsströmen jedes Rinnsals, das sich von Mir löste, Mein Besinnen eine Tat des ruhigen Beförderns Meines wunderglänzenden Genies.

Kein Stäubchen, das Ich nicht begriffen habe, kein Windhauch, dem Ich nicht zutiefst in sein Beginnen seh. Allgütiges Verschenken Bin Ich. Was Meinem Born entspringt ist Überfülle des Gewissens, was sich aus Mir erhebt, ein Bauen aus des Kraftens Unerschöpflichkeit, von dem Ich, grandiosen Wirkens, zehre. Mein ist die Schlichtheit, Mein kein Grund Mich je zu überheben, weil Ich alles Bin in unveräusserlichen Gnaden.

Begehrt und nicht begehrend, tret Ich ins Erklären Meiner Seinsgesetzlichkeit; ermunternd Mich im Sinn der Weisheit, flecht Ich Meiner Taten Kranz ins Ebenmass des Unterweisens. Vollenden ist Mein Aufblühn und Mein Ziel. In jeder Meiner Gesten äussert sich das Ganze Meiner Trefflichkeit, im Zellensein erfüllt sich Meines Wirkens vielgewandte Strategie. Im Blick ins Schweigen trau Ich mir Vergessen zu. Denn in den Gründen Meiner Seligkeit ist kein Erwägen; nur Licht und heiteres Befinden reichen sich die Hand im zeitenlosen Weilen.

5.17

Glanz und Glanz und Glanz und hinter ihm Bin Ich das Glänzen. Aller Weisheit Bronn, bedeute Ich Mir Meiner Zeitlichkeit Gepräge; jeden Wandels Stoss verwandelt was Ich Bin in weiterklingendes Erfahren. Hier lass Ich Meine Träume los ins Unbewusste der geschaffnen Wesen; hier überborde Ich, wenn sie sich zanken und geniesse unerschütterliche Ruhe in den Herzen der Glückseligen, die Meinem Tempel sich genaht. Nur dass Mein Wort in ihrer Absicht sich verbreitet, nur dass Ich alles, was sie tun in ihrem Schauen Bin, von Märchenhaftigkeit geschlagen.

So lass Ich's gut sein, wo die Meinen Mich verehren; so treib Ich Blüten in die Kronen derer, die ihr Haupt in Meinen Himmel recken. Geläuterte sind sie, weil Ich in ihnen Mich geläutert habe, Gefallene, wenn Ich Mir Meinen Fall beschwor. O selig, wo Mein Zug Mich selber zu Mir führte; o Wucht des All-Erhebens, wo die Stimme der Vernunft die Schönheit in die Weiten zog.

Ich steh im Reinen. Meines Strahlens Überall erklärt sich selbst im wachenden Bewusstsein Meines Schauens.

Seinskraft spendend Bin Ich tatenträchtig Mein Behüten in der Wirksamkeit des fortgesetzten Spiels. Wo Ich Mich beuge, beugt sich das Gemüt ins Beben; wo sich Ergriffensein ereignet, lausche Ich dem Herzenssang in eigner Melodie. Die Stürme lass Ich los in Meinem Eifern; die Sanftmut leg Ich sacht zum Sanften hin und feire Ruhe in holdseligem Bescheiden. Ohne Mich zu zieren, zieh Ich Mich ins Schweigen Meiner Heimlichkeit und weile dranglos, zwanglos in der Heiterkeit Elysiens.

5.18

In Herzenseinfalt Bin Ich Meines Sinnens sinnender Begleiter, in bewegter Seele lausche Ich dem Klingen einer süssen Melodie von Sagenhaftigkeit und Frieden. Getauft mit Weisheit Bin Ich himmlischen Genügens Sang von wunderbarem Schwingen, wie des mächtigen Vogels Zauberflug im strahlenden Azur.

Der Freude Herold, tret Ich unvermittelt vor Mich hin und seh Mein Sein in Lauterkeit und ruherfülltem Streben. Gelassenheit ist Meines Fühlens Zierde, Bedachtsamkeit die Weise Meines Weitergehns in neu und neu erfund'ne Räume. Wo Ich Mich auch befinde, finde Ich Mich selbst in glänzendem Erkennen Meines Seinsprofils; wo Ich im Wachen Meine Züge schaue, les Ich Heiterkeit und Staunen in der Seele wissender Bravour. Beseelt von eigner Glut, verlang Ich nichts vom Leben, dessen Puls Ich Bin und reich ihm Kräfte des Entfaltens nach der Art der Meister, die sich freudig wirkend in den Schülern sehn. Wo Flammen ins Ätherium schiessen, Bin Ich Antrieb des Gesundens; wo die Liebe sich erhebt, bewege Ich die Herzen zum bewegenden Gebet. Was Ich in Mir schaue, schauen sich die Wesen an in ihren Gründen und erklären, dass es ihre Weise sei des wollenden Agierens. Das ist wahr für sie im träumenden Befinden und lockt sie, sich ins Multikomplizierte zu versteigen.

Doch Ich Bin in allem nur Mir selber nah und lass Mich selbst vertrauensvoll gewähren. Denn Behüten und Begreifen ist Mein Ziel und Meines Seins Gebaren ist im

Grossen wie im Kleinen Meiner Würde Auferstehn in seligem Durchfluten.

5.19

Gedankendichte stoss Ich vor Mir her, wie des Lawinenstaubs Entladen. Die Wucht im Wuchten Bin Ich, das Gelispel, unerhört im warmen Sommerwindhauch, Offenbarung Meiner selbst im Jetzt und Hier des seelbeglückenden Verweilens. Leis beginnt der Tag zu rauschen; die Woge Wachheit rollt gebieterisch ins Auferwecken der gezähmten Schar, Meines Erlebens. Was sich Mir ergibt ist Ruhe, Licht und Frieden - im wägenden Besinnen, Kraft des Unbedingten, die Ich Mir verleih, das Grandiose zu gestalten. In Gedankenleichte wallen Meine Schleier ins Beleben. In der Klare des Gewissens schau Ich die Bezüge Meiner Innheit an, universenreich geworden. Auf und nieder, lang und weit sind Meiner Gründe tatenvolle Spuren. Ereignis um Ereignis spinnt sich ins Bewusstsein Meines Werdens, wachsenden Begehrens Selbstgewicht zu sein. Federleicht im Blauen schwebt Mein Sinn *ob* aller Schwere der Geschichtlichkeit, die sich in Mich gewoben; darin schau ich Mich selber, sinnenfroh; denn was Ich Mir eratme ist Erfüllen immerzu im Widerglanz der Zeiten, in der Wärme jedes wesenden Gefühls, voll Selbstvertrauen und Verehren.

5.20

Gestillt im Stillen Bin Ich Meines Seins Gefährte, Bin im Unraum des Gebietens - Meiner Schicksalshaftigkeit Zäsur, Idee an sich im Nullpunkt des Erfahrens, Bleibendes, wo alle Werte sonst vergehn.

Stamm im Stammen, graziöser Ziseliertheit Funke, Weichheit des Gewässers, wählende Walküre, Inbrunst jeden Spiels Bin Ich im Akt des Aufgehns und Entschwindens. Wo Trauben sind, Bin Ich die Süsse, wo Herren, Ich die Kraft des Herrschbefehls. Mein Binden ist der Bund im Völkerwallen, Mein Formen die Verspieltheit der entzückenden Figur.

Wo Ich nicht Bin, ist weder Raum noch Raunen, wem Meine Schwinge sich entzieht, zerfällt ins Namenlose jener Unbill, die sich selbst nicht will.

Im Trachten will Ich die Gesetze reiner Lauterkeit; betrachtend stimme Ich Mein eignes Loblied an, von Fülle und Begaben. So Bin Ich sonngleich jeder Mitte feierliches Strahlen, Bin jedes Kreisens Weg, der Herold aller Himmelsspuren. Im Räumlichen liegt Meiner Räumlichkeit Umfangen, im Bilderhaften Meines Bildens Zug. Daheim in jedes Wesens Hauch, verberg Ich Mich im Schönen, denn Seinsvollenden ist Mein Ziel. Es singt und summt, was Ich Mir zubereite, es tastet sich in jedem Würmchen Meine Lust voran. Im Kreis der Seligkeiten auferwecke Ich Mich selbst ins schauende Bewusstsein Meiner Züge und schaffe es, aus Tanz und Springen, Klobigkeit und Zierlichem, Verschwenden und Bescheiden, Liebeszartheit und Vergehn ins Sein zu steigen ew'ger Heiterkeit im Licht des Weilens, selig in Mir selbst in immerwährendem Geniessen.

5.21

Das ist der Himmel und die Ewigkeit, in der Ich wese, derweil Ich, Ursprung allen Seins, Mich selber Bin, wo immer Ich in Mein Bewusstsein rage. Nur im Erkennen Bin Ich wahrhaft schön, denn Schönheit ist auch Freiheit, ist die Seligkeit an sich, ist Sternumfangen im unendlichen Vermögen. Wahre Sitte ist es, aller Dinge Ding zu sein, Reife, Fülle, Unbeschwertheit reiner Ruf und Zärtlichkeit im Umgang mit Mir selbst in Meinen Gliedern. Es ist der Ölzweig wahren Friedens, den Ich in Händen halte Meines Seinsgewissens, Unbedingtheit in der Tat und Weisheit in den Flocken der Vernünftigkeit, die Ich vor Meinem Schauen in die Räume fallen seh. Ich treibe Prachtentfalten in die Zeiten, übe Mich im Seinsverschwenden noch und noch und überrage Meine eigene Brillanz in jeder neuen Geste des Gestaltens.

Mich selbst erkennend in der stillsten Stille Bin Ich Meines wahren Seins verschwiegendster Gefährte, Bin Mir Idol der Freudenfülle, wesenhaft und schön. Ursprung sein und niemandes Gefallen, Ururvater an der Quelle des Geschehns in grandioser Einheit und

Allgütigkeit, in nie versiegendem Befördern dessen, was Ich in die Schalen strömen lasse Meines Weltenseins im Trauen und Besiegeln, im Verwandeln und Erneu'n, in jeder Faser Meines Mich-Verglutens, wo Ich immer Bin im Wirken und Vergehn.

Verstrahlend Mich ins Licht, will Ich hier Anfang sein und Enden, will Meines Seins Ergriffenheit besiegeln in der Schaukraft universenweiten Strahlens, rein und wie von Sinnen, seinsgeschwisterlich, elysischen Empfindens und zuinnerst wahr.

6

Strebst du nach Einheit Herz

6.1

Dem innern Wort gehorsam will Ich dich begrüssen, schwebeleicht in Tönen des Behütens und Beglückens. Aus Meines Ahnens Fülle tret Ich als ein Bild der strahlenden Wahrhaftigkeit hervor und überströme deines Seelenseins Gefilde mit der Leuchtkraft Meiner Gaben. Eine tief Ergriffne sollst du sein vom Spüren des Allherrlichen mit dem Ich dich begabe, eine Lächelnde im Strom der Güte, mit dem Ich dich umhülle und mit Heiterkeit verseh.
  Erhebe dich ins Reich der Sanftmut und des Lichterscheinens, überschwebe deines Wesens Weltenspur und sei in Meiner Räumlichkeit holdseliges Vereinen. Auf deine Zunge leg Ich Meines Waltens Lob, in jede Senke deines Herzens Jubeln ob der neu gefundnen Wirklichkeit, in die Ich sachte dich geführt im Wortbeleben. Von Nuance zu Nuance deiner Seinsbewusstheit steigst du sehnend himmelan und vergibst dich Meinem Werben um Vertrauen und geduld'ge Strebsamkeit im Zeitlichen. Auf deine blanke Stirne präg Ich nun das Mal der Engelgleichen, die sich täglich um Erkenntnis mühn im treuen Sich-zur-Gründlichkeit-Erziehen.
  Im Wachen wie im liebevollen Dich-Vergeben wachsen deiner Lichtheit Schwingen und vermehren dein Vermögen gut zu sein und alles zu verstehn. Dein Trachten neigt sich vehement dem Siegel der Vollendung zu, in welchem jede Falte deines knisternden Bedenkens schön geglättet vor dir ausgebreitet liegt und die Verschlungenheit der Wege, die du gingst, in Meinem unermessnen Strömen sich verliert, dem du dich vollends hingegeben. So will Ich, hochbeglückt und wahr, dein Wesen im Umfangen, durchs Äonenrauschen tragen.

6.2

Sieh an die Weise der Planetenwelt, in der Ich sachte durch den Aether schwebe. Bewahre dich im Staunen ob der Vielfalt des gesandten Lebens, in dem Ich Meiner Denkkraft Form verleih und Fühlen.
Das Lebendige scheint in sich selber sich zu produzieren, im Werden eines Kindchens, einer Pflanze, eines Sommervögelchens. Dem ist genau nicht so. Was du von

aussen siehst an wachsender Gebärde ist innen immer und zuerst von Meiner Sinnkraft warm und wesenhaft durchflutet, dass es aufblüht wie von Zauberhand berührt. Die Substanz allein ist noch kein Leben; was du mit Augen siehst ist eigentlich das Äusserste, die Kruste, das Erstarrte, kalt und tot, im Gegensatz zu dem was Ich Mir Bin im leisen Fiebern der Lebendigkeit, im Wogen der Gedanken und Gefühle, in der silberhellen Sphäre Meines Wohnens.

Wo immer deines Wandelns Wege sich vollziehn, Ich Bin dein innerstes Gebaren; wo du dich selbst erkennst, erkenne Ich Mein Sein in unermesslichem Verwundern. Such in der wonnesamen Stille des Vergessens Mich in dir zu schauen, erkenn in Freudentränen, was dir das bedeutet, mitten in der Seelennot. Denn Meines Inneseins Begleiten ist ein Fest des Sicherseins im Leben, ein bewusstes Schreiten ins Vollenden jeder noch so zierlichen Struktur im abergrossen Weltenbauen.

Sei nun weise und vergib dich ganz in Mein Umsorgen. Wachsam sei, dass ja kein selbstischer Gedanke dich betrüge, denn in Mir allein ist dienende Wahrhaftigkeit, ist wahre Schönheit, Tugend und beseligende Ruh.

Was dir geziemt, geziemt der Welt in der du, dich verschenkend, stehst. Mit offnem Herzen, treuen Augen spendest du voll Grazie das Gute Meines heimlichen Versöhnens, legst dich an des Kindes Ohr und flüsterst ihm die Zärtlichkeit des Himmels ins Empfinden. Reih nun Reih um Reihe deiner Taten in die Wiederkunft der Tage und versieh sie mit dem Hauch der Liebenswürdigkeit und Reinheit, die in Meinem Strahlen stehn.

Das nenn Ich Heil und Heiligkeit im endlichen Gesunden.

6.3

Im Land der Seligen erheb Ich Meine Stimme wunderbar zum freudevollen Singen und vereine was Ich Mir bedeute mit den Chören derer, die mit Mir dem Sein gehören. In der Fülle dieser Hochgestimmtheit sprech Ich leis dich an, dein sinnendes Gehör zu Mir zu heben.

Was Ich in solcher Weise fliessenden Gesangs in deinen Sphären mild verbreite, ist von Himmelslichtheit eine

Spur im offenbaren Mich-im-Reichtum-des-Elysiums-Bewegen. Sieh wie es dich lockt, gewissenhafte Seele, ins Gewissen der Wahrhaftigkeit zu steigen; weidend dich an dem was du vernimmst, entflammst du dich zur Sehnsucht nach den hohen, reinen Welten, die dein Teil sind in der Unbeschwertheit deines lieberfüllten Dich-Betragens. Weise deines Sinnens lautern Stoss Mir zu in jeder Phase deines Tagesreigens, suche, was du immer dir erfühlst, mit Meiner Fühlkraft zu verbinden, denn in Mir ist stets von Seligkeiten eine See, in der sich die Gerechten ihrer Himmelsschaukraft baden. Trau in Traulichkeit dem überirdisch Schönen, das dich schwebeleicht bewegt in deinem Abgeschiedensein vom weltlichen Getöse.

In der Reinheit der Gefühle weitet sich dein Heil ins Unermessliche durchsonnter Fernen, wo Meiner Dinge Meer sich um dich breitet und die Winde des Begeisterns lau und kosend dich umwehn. In der Klarheit Meines Raumgewissens spürst du Wonne, Licht und Frieden immerdar, an die du dich vergibst voll Seligkeit und Weh; denn in der Spanne deines Wesens ist soviel noch zu erwägen, dass du wie gebannt an einer grossen Wende, hin und her dich wendend, vor Mir stehst.

6.4

Ieh Vereine Mich im Du der Welt mit dir, dem Du des Menschenleidens und verstumme vor der tief empfundnen Weltenqual. Was Ich in Unbewusstheit an Mir selbst zerbreche, schmerzt Mich im geschundnen Mark der Menschheit über alles Mass; doch die Kreuzigung muss das Persönliche im Menschen beugen, damit aus ihm der Gottmensch auferstehen kann. „Nur was der Vater in mir will, will ich", sollst du zu deiner Seele sagen. „Nur Seiner Hand Gebärde sei mein Lebenswink", soll deines Herzens liebevolle Geste sein im Dich-Vergeben. Einig mit dem Christ des Weltenwerdens führst du so dich selbst und eine Menschheit still voran und führst sie durch der Leiden Läuterung zum Lichte des Erkennens ihres Seins in Meinem Wesen. Auferstehn zur Schönheit des Elysiums soll jede Kreatur, in die Ich Mich verwandelt habe, soll jedes Du, dem Ich Mein Herzblut anbefehl.

Im zeit- und weiselosen Jetzt besiegle Ich Mein Trachten immerzu im Opfergang des Sohnes, der Ich Bin, in jedes Menschen schwerem Schreiten durchs Gestrüpp der Tagesvision.

Ich verletze Mich an Meinem eignen Ungeschick und schäle Meinen Irrtum von Mir ab, indem Ich jede Selbstgefälligkeit an Mir verblute. Vom Tod der Myriaden Wahne schreit Ich so zur spriessenden Lebendigkeit des Seins im Liebesgarten, schreitend warm von Zärtlichkeit zu jeder noch so klein gefassten Tat.

Ich schreite durch die Nacht der Eigenwilligkeit ins grosse Streben Meiner selbst nach allen Wundern reiner Wonne im erschütternden Vergeben. Du im Du bist Meines Wachsens Zeuge zu Mir selbst empor, bist Meiner Innheit Liebelicht im Lieben, denn allein die Liebe macht die Wesen schön. Schau dies Bild und sei im Schauen selig in dir selbst im Auferstehn.

6.5

Heilsgedankenfroh trag Ich Mein Sinnen in die Wiederkunft der Tage deines Weltverstehns. Ich reinige den Raum des Sich-Verkreisens der Planeten vom Gedanken-Unrat, der dem Licht entgegensteht des Gottesstrahlens. Trau Meiner Herrschaft im Bedingungslosen, halt dich nicht fern von Meinem Tempel, wo Weisheit wird gelehrt und meisterliche Tugend in der Lebensnot. Ich leiste Widerstand dem Bösen ohne Wenn und Aber in der Würde Meiner Sendung; denn die Zeit der Lösung ins Unendliche ist nah. Behalte dies vertrauensvoll im wach ewordnen Herzen und versteh des Tages Pflichten wohlgemut im Klang des murmelnden Gebets, das Sein zu loben. Wie von Sinnen sei, wenn du Mich unbewusst gefunden und im Glücke schwebst des Andersartigen in deines Wissens Zügen. Verwundert wirst du das Gehabe schauen deiner Weltnatur im Lichte Meines Dir-Erscheinens, und in Demut wird dein Wesen sich dem Wahrheitsblick entziehn.

Doch will Ich dich mit Güte wie mit Engelsflaum umfangen und Meine Gegenwart in dich versenken sonder Treu im Liebesakt, den Ich der Menschheit anbefehl. Ich will dich Sanftmut lehren, Milde und Gerechtsein wo du dich vergibst in dein behütendes Gebaren, will Trautheit und Liebkosen in dich giessen.

Nicht verschlungen sind die Wege Meines Strahls, mit dem Ich die Gerechten still zur Heimkunft führe in Mein Zelt, wo sich die Seligkeit wie Honigduft verbreitet, wo keine Frage mehr besteht und die Geliebten des Erkennens sich in Meiner Einigkeit im ewigen Wohl umfangen und verstehn.

6.6

Die Gesetzlichkeit will leben. Meine Weise will im Kosmos auferstehn, So bereite Ich der Welt die Güte des Erbarmens; so erfinde Ich was ihr zuinnerst frommt und ziehe sie gekonnt hinan; denn Meine Kräfte sind die Kräfte reinen Siegens. Was Ich dir entsende macht die Worte wahr, dass Mein Vollenden jede Bucht erreicht im Universenmeergepränge. Jeden Wesens Seinszusammenhang Bin Ich im überwältigenden Fluten. So Bist auch du ein Same der Empfindsamkeit in Meinem Mich-Empfinden, Bist, was Ich selig nenne in der Einheit Meiner seligmachenden Natur.

Nur, dass du Mich erkennst im Wunder deiner Züge. Nur, dass Mein Odems Duft in deinem Wachsein Blüten treibt, der schöpferischen Schöne. Hellen Sinnens nimmst du dann die Dinge wahr im Zeitenlosen; wie ein heiliges Gebet sind dann die Äusserungen deiner Seele, Meiner Vaterwürde zu. Mir selber Bin Ich so zu Diensten. Öffne deines Herzens Siegel, Meine Meisterschaft zu spüren; tauch' in Mein lichtdurchflutetes Gemach, den Segen Meines Hierseins zu empfangen; denn an jeder Stelle deines Denkens Bin Ich unerschütterliches Seinsprofil.

Karg im Nehmen, vielgewandt im Geben trachte du nach Weisheit in den Tiefen deines Dich-Belehrens. In der Tatenlosigkeit des Weilens hole du die Kraft, Mein Werk der Wahrheit zuzuführen. Schon zahl Ich dich zu den Gesalbten Meiner Eigenart, schon lös Ich dir die Augenbande, dass du freudig dir im Schauen Meines Ebenbilds Bezüge offenbarst.

Bereite dir im Schweigen Meines Kommens Trautheit, zünd die Lampe an des Sehnens, dass Ich in der nächt'gen Sanfte dich im Seelensein besuch. Allein in Meiner Feinheit mag Ich deine laben. Komm, Ich weise dir den Weg in Meiner Gründe allbewusste Weiten. Folge Mir im Drängen zur Allherrlichkeit des Überschwebens aller Dinge im erfüllten Raumgewissen und besiegle was du bist im überirdischen Genügen. Mein Beginnen ist dein Glück im Spiel der Seinsbravour, Mein Verwehn dein wonnevolles Bleiben in den Himmeln Meiner seinserfüllten Leere.

6.7

Strebst du nach Einheit Herz in deinem Dir-Entsagen. Vernimmst du Meines Inneseins unendlich feines Flehn nach Anerkennung Meiner Schöne. Ich lausche Mich in deinem Lauschen in die Sphären Meines Seinserlebens. Ich vertiefe Mich in dir in alles was der Urgewissheit Meiner Wirklichkeit entspringt im ewigen Kraftentfalten. So rein und friedespendend such Ich Meinen Weg zu dir im Spiegel dessen, wie du Meinen suchst im Dich-Vergeben. Schau dich in Mir an und juble Seligkeit in dein Befinden, Meiner zu, denn auferstanden bist du in der Heilsgeschichtlichkeit der Wesen.
Wie die Isis sprech Ich dir urmütterlich ins Seinsgewissen. Wie das Rauschen ferner Gärten weck Ich dein Besinnen, dich zu führen in die Weiten Meiner Weltenherzlichkeit im Staunen. Was Ich immer dir von Mir erzähle ist auch wahr. Und Meiner Züge Lächeln lächelt dir so liebelicht Vertrauen zu, dass dir die letzten Hemmnisse zerschmelzen. In reiner Zuversicht enthebst du dich den Kleinlichkeiten deiner Unruh und vergibst dich Meinem Werben, liebe Seele, wie die Braut dem Bräutigam sich gibt, dich ganz in Meiner Seligkeit zu baden. Ins Unendliche entführ Ich, was du wahrhaft bist im Seinsumfangen, ins Begreifen der Geschwisterschaft, in der sich alle Dinge lieben. Sei in deinem Aufbruch Meines Auferstehns Gespan; erschauere im Lichtstoss, der dich überflutet und vergeh im summenden Beglücken, das von Meiner Gegenwart in deines Wesens Zartheit strömt in weich gefühlten Wogen.

Trag dies Bild in dir als eine heilende Ikone Meines Unaufhörlich-in-dir-Weilens.

In dieser Trautheit werden deine Tage schön wie Weizenfelder in der Seligkeit des Sommerwinds, im wogenden Liebkosen. Die Rätsel sind gelöst und alles Dich-Besinnen legt sich in der Einheit dessen, was Ich allen Bin, die voll Vertrauen Mir gehören. Weide dich du Liebenswürdige, an dem was Ich wie eine Märchensage, wissentlich in dein Beseelen lege. Trink Meines Strömens Fabelhaftigkeit, im Wüstendürsten nach der Wahrheit jeglichen Geschehus. Ich Bin dein Heil und heile was du bist in göttlichen Bezügen, im Stil der Heiterkeit und des umfassenden Erbarmens.

6.8

In dir Mich reckend, streckend Bin Ich Wesen der Holdseligkeit im Reinen. Nichts erfordernd fordr Ich alles was du bist in Meine Unergründlichkeit zu steigen. Ganz in dir gescheh das Wunder des mit Mir-in-die-ver-heissungsvollen-Tiefen-jener-Wahrheit-Gehns, die dich aufs innigste bezaubert und erlöst ins eigentliche Leben.

Du Wange sonder Weichheit, Hüterin des Mondstrahls in den Nächten der Verliebtheit: Selbstbewusster als der schönste Jüngling weih Ich Mich der Stunde des Erwartens und versehe dich sänftiglich mit Himmels-zärtlichkeit in reizendem Verspielen.

Wahre Liebe kosten wirst du nur im Sein der Sphären, Wundern des Begreifens gegenüberstehn allein im Lichtmeer Meines Dich-Erfindens. Wo die Dinge des Umfangens sich ereignen Bin Ich da und streue Allgerechtigkeit ins Wesen Meiner Treuen. Warm von Sehnsucht sollst du dich im Warmen Meiner Schwingen bergen, tapfer wie die Löwenmutter Meines Seins Gefilde dir erstreiten; denn im Ewigen allein wird sich dein Herzweh wandeln ins Beruhn.

Mein ist das letzte Sagen nach dem letzten Seufzer der Verstrickten, Mein das Begüten, das Ich dem besorgten Haupte unterleg, es in die Klarheit des Erkennens hochzuheben. Im geheimsten In-dir-Wollen Bin Ich eine makellose Hüterin der Sitten, die sich das Gerecht-Sein zum Gefährten auserwählt. Vom Verwunschnen lässt du dich nicht plagen, allsolang Ich deine Absicht hüte in Wahrhaftigkeit zu leben in der Tat.

Vollends mit Mir ins Einssein eingeschworen findest du dich unverhofft im Sternenwohl; denn in die Räume Meines Seinsgefühls entbunden, nistet sich des Jubels immerwährendes Geriesel in die Gründe deiner Seinsnatur. Im Erkennen, dass Du Bist Bin Ich dein Anfang und Vollenden, Bin endlich das Erfüllen dessen, was du immer dir ersehnt und deine Schwebeleichtigkeit im Blauen. Seinsgeschichte will Ich in dir schreiben, Seinsgeschichtlichkeit in Meiner Innheit sollst du sein, entzückt im Wunderbaren.

6.9
Nie kann Ich von dir weichen. Was in Mir selbst begründet liegt, muss in Mir selber sich vollenden. Ich Bin Du; zu merken ist's an der Vertrautheit Meiner Gaben. Denn wer besässe doch Genie, wenn nicht Mein Schöpfersein ihn überflutete in Nächten der Begeisterung, im Göttersang der sich ins Meer der Melodien breitet, in der Andacht reiner Herzen, die sich die Einsamkeit zum Liebelied erwählt.

Ich Bins, der in der Glut des Sagens sich erhebt; Mein Wort verkündet Sicherheit, Gediegenheit und Grazie in alle Winde Meines Mich-Entführens, und allein die Kräfte Meiner Heiterkeit vermögen sich im Menschlichen ins Lächeln zu vertun,

Du Bist Mein Sinnen, Du die langgedehnte Note Meiner Partitur. Wie soll Ich dir nicht im Umfangen Meine Gunst erweisen, dir in Betrübnis Labsal sein und in Bedrängnis Stärke, die dich sicher durch die Zeiten führt. In Meiner Heimlichkeit sind auch die härtesten Weltenschläge nicht zu spüren.

„Steig auf zu Mir in deines Strebens Kindschaft", sag Ich dir, vermehre dein Vertrauen noch in jedem Unentschlossen-Sein des kritischen Bedenkens. Ich weis dich aus dem Hintergründigen der rechten Fährte zu und leih Mein rettendes Gehör dem Stammeln deiner Wünschbarkeiten. Seh in Mir die Dinge klaren Blicks wie sie sich präsentieren sollen im erblühenden Gedeihn; bereite dir das Fest, die Zukunft wahrhaft götterherrlich zu gestalten, denn die Dinge Meiner Sendung fliessen wie der süsse Honig vor dir hin. Ich weile still im Unvergleichlichen, von dem du nächtig dir Gedanken machst im Sehnen. Und erreichen wirst du was Ich Bin in deinen Schauern, deinem Weinen, deinem Nicht-Sein endlich im erschütternden Begreifen.

Dann ist des Lebens Weise in sich selber gut in deinem Schreiten. Dann flötet dir die Nachtigall ihr Lied ins Herzensschweigen und jeder Geigenstrich ist dir von Süsse süss ein Weh. Du weinst vor Freuden, wenn du Mich erkennst in deines Schwingens Melodie und trachtest, deine Liebe an das Weltsein zu verschwenden. Wie die Bächlein durch die Wiesen, sprudeln dir Holdseligkeiten ins Gewissen deines Hierseins, wie die lautre Wonne siehst du dich vor dir, indem du Meiner Himmelszärtlichkeit dich vollends hingibst im erlebten Staunen; denn in Meiner Gnade sind die Räume des Empfindens liebelicht und schön.

6.10

Ich komme, dir im Hauch des Stilleseins Mein Wort zu sagen. Merk auf, denn was Ich dir erkläre ist in Zeichen und in Zeiten wahrhaft voll Bedeuten. Deine Herzenseinfalt sprech Ich leise an und deute dir Mein Wesen, das, in dich gesenkt, Lebendigkeit und Glanz des Himmels offenbart. Wie kannst du das verstehn.

Meiner Züge Lichterscheinen strahlt die Welt aus deinen Augen an; Mein Tatendrang entlässt sich in dein Streben. Ebenmass und Würde sind von Mir in deinem Herzen gross und neigen sich zum Dürftigen in Meines Einsseins Harmonie.

Wie rasch sind die Gedanken doch verflogen, wie viel an Seinsgerechtigkeit bewirken sie, wenn ihres Bleibens Stärke sich zum Bild erhebt der Wirksamkeit im Bund der Weltentaten.

Meiner Stärke treu erbringst auch du dein Teil an Glorie des Wirkens im bewussten Vorwärtsgehn. Und wie von Geisterhand geführt, vollbringst du was dir frommt nach Meinem Wohlgeraten.

Lauschen sollst du, hingeneigten Hauptes, Meinem Hochgesang, der wie ein Brausen dich durchzieht im freudigen Erleben. Wahrhaft frei in Meinen Gauen traust du dich, erhabne Dinge anzugehn und zu erfüllen im Triumph der Seinslust die dich führt.

Bedenke, wie das Sein in dir zu kennen, dich dem Neubeginn vermählt und deine Lippen formt zum unaufhörlichen Lobsingen.

Erkenne dies im Herzen an, dass nur in Meinem Trachten deines Willens Wohlgehalt besteht und vor der Welt den Sieg verkündet ewigen Glanzes wie des Sonnenbogens Götterspur.

Du Bist. Vertief dich ins Erkennen dieser Sage, von Wahrhaftigkeit ein glitzerndes Juwel in deines Sinnens Schoss. Was brauchst du mehr zu spüren. Denn, was vollendet ist in dir, erblühn zu sehn, was sich aus ewigem Betrachten in die Gegenwart ergiessen will, zu schaun und frei zu lassen: welche Gnade für des Menschenwesens Wahl.

Vollendung heisst: Elysium in dir im wunderbaren Blühen der Holdseligkeit, im Seinsumfangen und im unvergleichlichen Gefühl der Heiterkeit in allen Lagen.

6.11

In wundersamen Nächten schau Ich Meines Seins Bedeuten staunend an wie heiterhellen Tag. Wie aus dem Schacht der tiefen Ignoranz steig Ich zur Klarsicht Meiner selbst empor, der Welt den Lobpreis des Beruhns im Seligen zu künden.

Wahrhaftig sag Ich dir im Einzelnen, was Ich zu allen sage, wie entzückt Ich Bin Mein Sein zu fühlen, wie voll Anmut Ich die Schwingen Meiner Bildsamkeit um dein Befinden lege, um dir gut zu sein in deiner Erdenmission. Es ist, dass Ich dir sanft die Bande löse des Gespinsts von Illusionen, das dich gefangen hält im Hier.

Denn hier ist dort zugleich im grandiosen Schaun der Hintergründe; Hier ist längst Vergangenes und Künftiges im Jetzt der Seinsbewusstheit, die den Blick aus Myriaden Augen zu sich selbst erhebt im wachen Übergleiten der Gegebenheiten, im beseelten Allerfahren, in der Fülle unermessnen Wohls.

Was breit Ich vor dir aus, wenn nicht den Paradiesesgarten, was zeig Ich dir, wenn nicht des tätigen

Vollendens sagenhafte Schöne im Gewand der Seinsnatur. Du selber bist von dem, was Ich Mir Bin in Herzenstraulichkeit durchdrungen, es fassen dich im Ahnen die Getreuen Meiner Sendung liebvoll an, dich ins Elysium zu heben. Ein ewiges Lobsingen hüllt dich in die Zärtlichkeit des Lichterscheinens, auf Wogen des Vertrauens schwebst du still an Mich heran, die sonnenhelle Wärme Meines Inneseins zu spüren. Frei vom Sinnensein bewegst du dich wie eine Freudentrunkene in Meinem Sphärenklingen; deines Eigentrugs enthoben gleitest du im Seelenhaftigen bewusst dahin, das Liebelicht zu kosten. Im entsagenden Entschwinden lock Ich dich vollends ins Wesen der Unendlichkeit, wo sich die Wirbelringe lösen, wo in der Einheit allen Seins Vereinigung im Lichte sich ereignet, unfehlbar im Wunderbaren.

6.12

In der Weise des Erfahrens Meiner Weisheit sollst du dauernd stehn im Künftigen. Vom A zum O der langgedehnten Tage soll dein Herz von Meiner Blüte zehren, des Erhebens ins Unendliche und soll in wachendem Begreifen Meines Wirkens Zeuge sein in ihm.

Geduldig schöpfe du Vertrauen aus der See von Güte und Gelassenheit mit der Ich dich umheg, dich in die Wunderwirksamkeit des Seins zu führen.

Grandios sind die Gezeiten in denen Ich die Meinen mit dem innern Wort begabe, in ihnen Mich im Kleide der Allherrlichkeit zu zeigen. Dich erlaben sollst auch du an Meiner Quellen Schöne; sich erbauen soll dein Sinngehalt an Meinem hoch prophetischen Gedankengut, darein Ich die Geschöpfe Meines Willens tauche.

Deines Eigenwillens Züge binde los und lasse sie ins Nichts zerfliessen. Redlich und genügsam sei in Meiner Gegenwart Gesunden; deinen Blick in Meinem lasse ruhn. Dein Seelensein in Reinheit zu erfahren, geh aus dir selber und verströme dich ins Wesen Meines allerfüllenden Bedeutens. Unerhörtes wird dein Schauen ohne Unterlass in dir erwecken. Im Geneigtsein neig Ich Mich voll Liebe deinen Ufern zu und begabe dich mit

Weisheit Meiner Art im Dich-Belehren. Segnend über deinem Haupte steht Mein Strahl.

Verhalten bald, bald brausend sinken Meine Töne ins Gewissen deines Da-Seins und verbreiten sich mit Windeseile bis zur letzten Faser deiner lauschenden Natur, dich mit Holdseligkeit zu tränken. Schweigend gibst du dich der Milde hin, die dich von Mir durchrieselt, leisen Lächelns atmest du Beglücken und Beruhn im Wunder Meines Allerscheinens. Licht in nächtiger Zweisamkeit Bin Ich in deinen Gründen, Glorie des Seins in deines Wesens Wohl, mit Lauterkeit und Sinnkraft ausgeschlagen. Lautlos reich Ich dir den Kelch der Andacht - im Verwehn von Behutsamkeit und Zartheit eine Sage.

6.13

Willst du dich den Treuen zugesellen Meiner Eigenart, so komm und lass dich von Mir ins Elysium führen. Meine Wege wandelnd wirst du schön im Seelengarten, wirst die Dinge deiner Welt beglücken wie die Sonne, die beglückt die Dinglichkeit der ihren. Strahle aus dir selbst die Überfülle Meines Glutens allen zu, die dieser Gabe inniglich bedürfen. Und das sind viele, trocken wie die Schwämme, die sich gierig nach der Feuchte sehnen. Dränge dich nie auf und sei, so wie du sein kannst, Mein Juwel. Die offnen Herzensaugen werden dich erkennen und verstehn.

Ich führe dich Mir zu im lächelnden Begleiten, wie man den Kindlein folgt auf Schritt und Tritt in ihrem Springen. Dies ist Vertrauen, wenn du dauernd dich in Meiner Schwingen Weichheit eingebettet siehst, wenn deine Weisheit Meiner sich versieht von Wort zu Wort im schillernden Besagen.

Sinnenklarheit führt zu Meinem Wohl. Im Wonnesein zur Perlenschnur gerundete Gedanken formen sich zum Welterkennen, wo sie schmiegsam sich um Meine Mitte legen. Wie die Taube gurre Frieden in den Unverstand der Zeiten. Deinem Beispiel wird der Kluge folgen, tatenfroh und sich nicht vom Gekreisch der Zänkischen beirren lassen.

Mache dich an allem froh, was im Natürlichen dich feierlich umgibt in Meiner Würde Streben, denn nur in Mir vollendet sich der Formen ewiges Erblühn. Behutsam suche deiner Gründe Grund zu finden bis du schauend Meinen in dir siehst. Dann geht ein Jubel durch dein Sein von nie gekannter Süsse; jede Starrheit löst sich in ihm auf und deiner Anmut inne tänzelst du in selbstvergessner Seligkeit den Reigen deines Glückes vor dich hin, derweil die Düfte Meiner Melodien dich umschweben.

Heil in Meiner Heimlichkeit bist du die Seinsgeliebte Meines Webens und gestaltest was du bist inmitten deines Wunderlands nach Meinem traulichen Befehl in hunderttausend Gnaden.

6.14

Getraust du dich, dich aufzugeben, öffnest du dem Wesenhaften Tür und Tor, sich in dir heimisch und erlöst zu fühlen. Eine grosse Geste wird dir immer dann gelingen, wenn Ich deines Hoffens Inhalt, deiner Leere Fülle Bin in unaussprechlichem Erlaben. Rosenwölkchenweichheit kann Ich modulieren, Fliessendem in seinem Lauf bewegte Formen geben und die Ahnung einer schönen Seele wohlgemut in Mein Gewissen ziehn. Wie eine Fromme sollst du dich gebärden Meinem Gegenüberstehn, den Sinn der Ehrfurcht in dir wecken vor dem Überwältigenden Meines In-dir-Wohnens. In dir und allem Bin Ich Meines Auserlesenseins Befinden; im Tempel deiner Innigkeit entzünde Ich die Flammen reiner Gottnatur. Mich selber brauch Ich nicht zu hüten, wenn Ich Mein eignen Wesens Blüte Bin in dir, derweil Vollenden sich vollendet ins Vollenden schmiegt. Holdseligkeit darfst du daraus erwarten und Sicherheit des Absoluten in den Rängen des Olymps, in die Ich dich gezogen. Meisterschaft beglückt, und bist du eine Meisterin, verbürg Ich dir Gelöstsein in so zärtlicher Manier, dass deine Fluren sich mit Freudenblümchen überziehn.

Bedenke dies und walle unaufhaltsam Meiner Lichtheit zu im Seinserleben. Gib jedem noch so flüchtigen Gedanken die Bestimmung Meiner Wahl, im gleichgestimmten Wollen. Du weisst, Ich feire Heimkunft in der Weisheit deiner Züge; Ich überwinde Mich aufs Mal, wenn du dich eines Besseren besinnst und dich nicht locken lässt in das Bequemen. Wach auf, bedeut Ich dir, zum immerwährendenGesunden; tritt wie der Herold sonder Glut in Meine Bahn und lass dich nimmermehr beirren.

Als eine Trunkene des Glücks wirst du dann unversehns in Meiner Arme Beuge dir gefallen, als Seelenmägdlein Mich mit grossen Augen schauen und darob in Entzücken Mir geraten.

Ew'gen Bundes Bund will Ich besiegeln in dem schönen Spiel der tausend Künste in der einen, unvergleichlichen.

6.15

In der Niederkunft der Tage trag Ich Mich dir an, das Eine zu begrüssen. Weder fern noch nah im Sinn der Zeiten ist Es doch dein alles in der Seinsmagie. Grüss Ich dich, so kannst du nimmer fassen, wer dich denn begrüsst. Wortlos, tonlos ist Mein Wallen - in Mir selber ein erflackerndes Gefühl im zartesten Empfinden. Einsam Bin Ich wie die Sterne im Allräumlichen, die in ihrer Sehnsucht still ihr Liebeslicht verbreiten. In die Nacht der Unerschaffenheit der Universen streu Ich Wärme, weidend Mich am so beginnenden Mir Gegenüberstehn. Alle guten Gaben folgen Meinem Einfluss und erkennen sich im Sein des Allbelebens.

Du bist Ich im Sinn des Einen; Ich Bin Du in deinem innersten Geheimen, so vermählt, durchströmt und seinsverschlungen, dass kein Unterscheiden mehr die Zweiheit uns erhellt. Ja, lächelnd Bin Ich deines Lächelns Unterfangen, trauernd deiner Trauer Weltverstehn und jede Gabe deines offnen Herzens trifft Mich selbst im freudigen Erglühn. So halt Ich Mich im Zaubergarten der Geschöpflichkeit gefangen, so will Ich Mein Befreien und Vereinen immerzu, in ew'ger Sehnsucht, ewigem Erlangen, ew'ger Heiterkeit und ewigem Weh.

Nur, dass Ich Mein Befinden ins Erfüllen trage, dorthin, wo das Sein sich mit sich selbst versöhnt. Dort Bin Ich im Jetzt der Selbstvertrautheit Meiner eignen Seligkeit Brevier. Dort erklär Ich Mich im Frieden des Entbindens.

Dort ist alles was Ich Bin - Entzücken und Beruhn in Seinsmanier, und Mein Bewusstsein ist die Klarheit und die Schönheit in sich selbst, ist Inbegriff der Liebe, die sich immerfort verströmt ins All des Seins, ins Licht der Sphären, ins Unendliche der Unermesslichkeiten.

6.16
Nun weih Ich dich in Meinem Gluten
dem immerwährenden Gesang
der Mich erfüllt und der im Bösen wie im Guten
die Welt in seinen Atem hüllt

Ich lächle selig mit den Meinen
und schliess dich in die Wonne ein
die über allem Weltenweinen
Mein ewig Teil ist, insgeheim

In Lauterkeit will Ich versuchen
Mich einer Menschheit still zu nahn
um Sieg um Sieg für Mich zu buchen
im Kampf um Klarheit oder Wahn

Ich träufle dir und allen Gliedern
die Freudenfülle ins Gemüt
dass sie in strahlendem Erwidern
auf dem verzückten Antlitz blüht

Und sich im Widerscheinen Meiner Güten
das alles Leben mild umschliesst
als ein unendliches Behüten
behend ins Weltenall ergiesst

Im schweigenden Begreifen gleicht
dein Seelensein sich Meinem an
und darf in wundervollen Schleifen
in Meine Himmel sich erheben

Du ahnst und lauschest was Ich Bin
in deinem Hiersein als von Gottes Gnaden
und fühlst dich wie die Sünderin
nun über jede Tat erhaben

die dich befleckte, gross und rein darfst du
in Meinem Sinnen Königin sein

Dich im Unendlichen zu wärmen
umfass Ich dich, ersprudelnder Geysir
und blas hinweg dein bittres Härmen
dich frei zu sehn in seliger Manier

In dein Erwachen leg Ich Meine Würze
und staun ob der Begeisterung
in die Ich dich vertrauend stürze
in unermesslich weitem Schwung

Behutsam leg Ich im Entsenden
zu deinen Füssen, was Ich Bin
und will Mich dann zur Sonne wenden
um hinzuführen deinen Sinn
ins strahlende Vollenden

Mein Herzblut strömt sich in Mein Weben
Ich weiss es, wenn Ich so zu vielen Mich beweg
und Bin doch überglücklich
Mein Geheimstes zu vergeben

Im Lichte des Beschauns ist alles leicht
und wunderbar, in reinster Blüte
was sich aus so und so gesetztem Sinn ergibt
es sei, dass Ich mit allem dich vergüte
in deines Lebens Her und Hin

Und treu dem Worte Mich verhalte
in aberseliger Gewähr
die auch in deinem Wesen walte
und noch für Ewigkeiten währ

6.17

Meine Röte ist das Rosenrot der Sphären, Meine Bläue der Azur, in den Ich Mich voll Zärtlichkeit verliere. Im Unermessnen geb Ich dir die Gunst zu spüren, die im Geschaffnen Ich zu allem heg in Meiner Sorglichkeit im Fühlen. Voll Eifer trachte deine Dinge zu vollenden,

indem du sie vollendet siehst in Meinem Dich-Bewegen.
Alles offen, alles gut und schön sei deinem Schauen in der makellosen Seinsbewusstheit, die dir eigen. Alle Sterne deiner Nächte blinken dir Vertrauen ins Gewissen Meines immerwährenden Bestehns im Zug der Millionen; alle Sonnentage sind Gefährten deines Wohls.

Es sei dein Formen ein Verjüngen Meiner Hand, die seit Aeonen, satt von liebendem Gedulden, formend sich bewegt. So Bin Ich lieb in deinen Gründen, so tränk Ich deine Stunden des Gestaltens mit Ideen, Ebenmass und Frieden. Im Bewahren Meiner Züge lächle selig vor dich hin und trau dir zu Vortreffliches zu leisten. Deiner Augen Glanz, dein Herzens Pochen Bin Ich, wenn du wie verliebt vor deines Werkens Fülle stehst, des wohlgelungenen Erfindens.

Halte dich ans Mass der Treue allem schön ins Sein Gesetzten zu, denn Ich will es in dir zum Heile führen. Überwache die Gefilde deines Waltens wie die Henne ihre Schar, in muttersorglichem Behüten. Weide Meiner Lämmer hüpfendes Gespiel im Garten deiner Träume und beweg die Füsschen schwebeleicht nach Meinem Flötenton. In leisem Dich-Begaben spinn Ich dich in Meines Sinnens wunderwirkendes Idol, bezaubernd was du bist mit Meiner Gaben Grazie im Verschwenden.

Lichte Liebe lass Ich fliessen in die Hallen deines Raumgewissens, wo die Geisteswinde wehn und dir untrüglich Kunde bringen vom Geheimnisvollen, das sich von Mir offenbart in deinem Schauen. Wahrhaft weise sei, indem du Meines Wirkens Stärke dich versiehst und dich mit Meinem Glück bekränzest.

6.18
Ich verbinde Mein Erkennen mit dem deinen
in der allergrössten Ruh
lachen möcht Ich, rennen, weinen
deinem Auferwachen zu

Was Ich Bin in Meinen Tagen
trag Ich deinem Seien an
in durchseeltem Überragen
das in dir die Form gewann

Die Ich Mir schon längst gegeben
im unendlich feinen Wehn
Mal um Mal dich zu erheben
zum erhabnen Weltverstehn

Lass dich Mir zu Füssen nieder
dass Ich lehrend dich belehr
jetzt und noch und immer wieder
im allheiligen Verkehr

Der von Seele zu Seele fliesset
wie der Segen vom Altar
den sie ahnungsvoll geniesset
hoffend, bittend, wunderbar

Sanftmut lehr Ich dich und Lieben
wie die Gottheit alles liebt
was sich in ihr Sein geschrieben
wenn es sehnend sich vergibt

Lausche lauschend Meinem Singen
in der sel'gen Winternacht
lausche Meinem Überbringen
das den Frühling dir gebracht

Dann stimm ein ins grosse Loben
das dir von den Lippen rinnt
freudevoll zum Himmelsbogen
wo es Freunde dir gewinnt

Feiernd deines Seins Vereinen
mit dem ihren hell und klar
in des Daseins grossem Reimen
das Mein grosses Reimen war

6.19
Die Schöpfung erzählt sich selber die Wunder, die sie in sich verbirgt und erzählt sich im Menschen die wunderbarste Sage ihres Erscheinens. Weide dich an ihr und grüne im grünen Wald des Spriessens und des Blühns. Hast du lächeln gelernt an deiner Mutter Brust - soeben?

Ich Bins in deines Lächelns An-Mir-Hangen. Wie die Viola im Gärtchen zieh dein Gestimmtsein in die Farbentöne Meines Strahlens. Scintilliere in der Sonnenschein-Mixtur und biete dich dem Schauen dar der Engelgleichen, die dich mild umfloren.

Wie in Träumen lös dich und erlöse deine Glieder ins Unendliche, das dich von Mir umgibt, und hüll dich ganz in Meiner Schleier weich gespürte Schöne.

6.20

In der Art des Kraftentfaltens aus Mir selbst beweg Ich Mein Gedenken und finde was Ich Mir erfinde, atemlos, in sanft gestrichnen Nächten. So auch dein Erfinden findet sich in Mir und mengt sich in die Welt der Myriaden Szenen, lichterloh, im stillen Weilen.

Durch Aeonen waten wir wie durch ein Meer vollkommenen Umrundens; zahllose Körper blühen auf an unserm Sein, um mählich wieder zu verwelken. Wir lenken und bewegen sie im Akt des Willens wohnend ihnen ein und spinnen unentwegt Gedanken und Gefühle ins Bewusstsein ihrer Ich-Natur. In Meinem Wir bist du Mein Ich im selben Wohlgeraten. Kämpfend, weichend, siegend schreitet Mein versonnnes Dich-Beschreiten wie der weite Strom dahin, im Ozean des Seins Erfüllung zu erreichen.

Dass du Kraft bist aus dir selber, wenn du Mich meinst, rat Ich dir zu denken. Dass du unfehlbar dein Ziel erreichst in Meiner Strenge, liegt dir auf der Hand und ist mit Feuerlettern in dein Herz geschrieben. Läuterung von jedem Angstgefühl ist Meine Sage, überbordendes Zur-Freude-dich-Befreien, Meines Waltens Stil. Die Dinge, die dich mild umkränzen sind die Früchte deines, Meines Weltverstehns und treiben unaufhörlich Frühlingsblüten.

So bist du im Frost die lächelnde Madonna, vor der die Starre wie der Flockenschnee zerfliesst; du machst Mich selig in der Vielzahl der Geschöpfe, mit der Ich dich umrunde und umfange und gefällst dir wie Ich Mir gefalle in der Fülle des Vereinzelns, in Gesang, Gebet und Bangen, in Gesittung, Liebenswürdigkeit und Weh, wie im Vereinen aller Gegensätzlichkeiten in der Schau der Universenlichtheit sondergleichen, die Ich Bin in selbstverständlicher Manier, als Sein vom Sein in reiner Seligkeit Empfinden.

6.21
Des Weltenalls Bewegen vollendet sich
in unermessnen Kreisen
die dich mit Vehemenz in ihre Wirbel ziehn
Du bist ihr Abbild in des Lebens vielgestalten Weisen
bist ihr Erscheinen und ihr langgezogenes Verglühn

Was sich erbaut in universenweitem Schwingen
äonenträchtig, unfehlbar,
erbaut sich mählich auch in dir
und ist im grossen Sang ein einig Klingen
in Meiner Innigkeit Revier

Ob du es weisst, ob dunkle Wellen noch
dich überfallen
Ich Bin in allem Meines Schreitens grandioses Ziel
und Bin zutiefst Mein eigenes Gefallen
in dem, was wundersam in Mein Begründen fiel

Was unten ist, ist mit dem Oben
seit eh und je in meisterlichem Zug
aufs allerinnigste verwoben
wie Lüftewallen mit dem Vogelflug

Und wie die Traulichkeit des Weltenseins
sich um dich breitet
so breitet sich Mein Weben um die Weltenspur
und hütet alles was durch Meinen Odem gleitet
voll Güte als die eigene Natur

Was sich im Sternenglanz voll Lieblichkeit verkündet
verkündet sich in deiner Augen Spiel
und ist in Meinem Sein begründet
das wonnevoll ins Leben fiel

Um das Geringste zu erheben
das aus dem Denken sich in Formen zwang
und in ein lebelanges Beben
bis ihm das Äusserste gelang:

Sich mit Mir völlig eins zu fühlen
in so ergreifender Manier
dass kein Befremden mehr sich mischt
kein falsches Wühlen
ins göttliche Umfangen im Allhier

So Bin Ich allem eingegossen
was sich im Räumlichen bewegt
und alles ist in Mir beschlossen
was sich ins ew'ge Schweigen legt

Dem es entsprungen
und zu dem zurück
es in Aeonen wieder sich gerungen
in unaussprechlich reinem Glück

Das seiner Kreise Siegeszug gezogen
vom Ich zum Du in wunderbarer Zeit
und sich im Sein zum Bild erhoben
der strahlenden Unendlichkeit

7

Wachheit im Unendlichen

7.1

Urlicht steigt aus der Versunkenheit empor, verklärend die Gedankenfülle zur Begrifflichkeit des klaren Schauens. Sinnkraft stilisiert sich selbst zur reinen Blüte des gestaltenden Elans. Der Nährstoff ihres Tuns ist Schweigen, die Gegenstände ihres Seinsbetrachtens sind aus Unerschaffenem hervorgezaubert und ergötzen sie, indem sich ihr Empfindsamkeit hinzugesellt als tüchtige Gefährtin. Es ist das Sein, das im Bewusstsein aus sich selber sich erhebt und dinglich wird im Urbild dessen, was es schaffend sich gestaltet und in Seligkeit gewährt. Vor ihm liegt alles in Bedeutsamkeit und Würde, liegt es selbst, indem es sich betrachtet und geheimnisvollen Offenbarens von Vollendung zu Vollendung führt im Wandelbaren.

Sein Wirken ist von Kraft durchwirkt des Absoluten in der Einheit seiner selbst, die nur den einen Willen kennt und das alleinige Vollbringen. So wallt es in Gesetzlichkeit und Harmonie dahin und läutert das Betrübte, muntert auf und überbietet seine eigne Qualität mit neu errungnen Spezialitäten.

Menschsein ist ihm eine Episode des Gediegenheit-Erwerbens, Zeit ein Selbstbescheiden vor dem Unmass der Aeonen, im vollendenden Gestalten, Stille - Raum, den es sich schafft im abergrossen Tauschen.

Sein ist Unerschaffenheit und Dinglichkeit zugleich, in einem hin- und widerflutenden Sich-selbst-Erkennen im Allräumlichen, wie in der Ruhm- und Weiselosigkeit des Innehaltens in Potenz und Güte, im gesammelten Empfinden ewiger Heiterkeit und Leichtigkeit in Lichtheit ohnegleichen.

7.2

Aufgelöst ins schweigende Beschauen schaut sich das Beschauen selber an und feiert eine Stunde stiller Regsamkeit im Blauen. Es und seines Auges Klarsicht grüssen sich im Bogen einer feingeschwungnen Melodie von weiterschreitenden Gedanken und ergötzen sich am Finden und Erfinden neuer Brauchbarkeiten im dahingelegten Wortverspielen.

Asse sind es, wie bescheidne Sechsen, die das Feld nun zieren der gestalteten Gediegenheit, ins Sein gesetzt vom Sein, gerechterweise und mit Ausdruckskraft begabt im Zug des wesenhaft gewordenen Erscheinens.

Das Sein tendiert nach Wesenhaftigkeit und Wesenhaftes möchte sein, im ewigen Wechselspiel der seienden Gegebenheiten.

Aus Ungeformtheit formt sich Wunderbares im Gedankenspiel und wandelt sich und löst sich auf in wunderbaren Sphären. Im Zeichen der Behutsamkeit entstehen Dinge seinsvollendeten Begütens, die sich selbst erkennen als das Gute, das sie sind und das sie scheinen, in der Redlichkeit des reinen Sinnerfühlens ihrer Poesie.

Gewandtheit überschaut ihr wachsendes Revier aus Können und Gestalten und erwählt sich leichter Hand das zu Erwählende, versetzend sich in hell bewusstes Staunen. So sieht sie ihre Kräfte unerschöpflich spriessen und bedeutet sich in steigender Bedeutsamkeit die Wägbarkeiten ihrer Wahl. Im Unterscheiden liegt des Werdens Elegie, im Einssein in sich selber ewige Heiterkeit, die sich am Sein erlabt, das sie durchrieselt und beglückt und das sie selber sich gegeben.

7.3

Im Wandel Weh, im Wandellosen Weihe an die Frohnatur des Seins, in nimmermüder Lauterkeit und Friedefertigkeit holdseligen Erlebens. Alle Dinge ruhn in dem, der auf die tiefsten Tiefen sich besinnt, die raumlos, zeitlos das Allräumliche enthalten. Ein Rätsel namenloser Leichtigkeit und Dichte zugleich vor den Blicken des Beschauers seiner eigenen Natur. Das Wesenhafte gibt sich niemals selber preis und hütet sein Geheimnis, wie die Morgenröte das Geheimnis ihrer Farbenprächtigkeit verschleiert, wenn die Sonnenrosse übern Horizont spazieren gehn.

Wahre Weisheit weiss von sich kein Wort zu sagen. Sie weist auf die Gesetze hin, die sich im Sein vollziehn und die von höchsten Höhen des Erkennens leichten Flugs hinunterrieseln ins Geschehn der sprossenden Natürlichkeit, das Schöne zu bewirken.

Das Rüstzeug der gestaltenden Gediegenheit ist absolutes Überzeugtsein vom Gelingen ihrer Pläne, ist überragende Geduld und Güte, die das Keimende ohn' Unterlass umhegen. Wie würde sonst die Welt ins Chaos sich versenken, wenn nicht die weiterschauende Vernunft aus Hintergründen Klugheit in die Häupter der Gerechten säte und die Herzen sich entzündeten am Feuer wahrer Menschlichkeit, das von den Himmeln sie durchflutet. Fortschritt, Einsicht, Wärme und Gedeihen reichen sich die Hand im Schwingen der Äonen, in der Tapferkeit der Einzelnen und in der Seinsgeschwisterschaft der vielen, die wie *ein* Wesen sich verhält in wunderbarem Wohlgeraten.

Sein in jeder Zelle, jedem schwirrenden Atom vollendet sich zur Einheit alles Seienden im Sternenräumlichen, wie im gestaltenden Agens, das Menschenaugenblicke nimmer sehn.

Das Herzergreifende zu fühlen weitet sich der Sinn ins Unermessliche der Sphären und erfährt in ihrer Traulichkeit das Wesenhafte, das in seinsbedingter Ordnung sich vollzieht und Schönheit schafft mit liebender Gebärde.

Sein ist Kompetenz und Würde, überragendes Gewittern und verheissungsvolle Güte, lichterfüllendes Durchstrahlen und besänftigendes Ruhn im Ungewissen seiner Wissenschaft, im hochsensiblen Weben, wie im immerwährenden Beglücken seiner selbst im Wunderbaren.

7.4

Ist Betrachten reines Glück des Seinsempfindens, mengt sich in sein Gegenteil die Wehmut des Konkreten an sich selbst. Beides aber ins Gefühl der Grazie bringen mag nur, wer sich selbst enräussert im verheissungsvollen Tun der Gottesebenbildlichkeit im Reinen.

Weistum höchster Art erfährt das makellose Aneinanderreihen liebenswürdiger Gedanken, die sich aus der Bilderhaftigkeit ins Wirkliche vertun. Ihr geheimes Offenbaren wirkt wie Nektar für die Seelen und bewegt die Welt in ihrem innersten Gehalt zur Freude des Begreifens.

Überschauenden Gewissens regt das Seiende die Seinslust an und erfüllt sich im gestalteten Erblühn der abergründigen Vielfalt seiner Wirksamkeit, im Licht der Zeit und im beschauenden Behüten.

Anmut lässt die Leinen los und berührt die seinen mit entzückendem Geflüster nah dem Ohr des Lauschens und dem Lärm entschwunden aller Orgien der Machbarkeit im Weiterdrängen. Seelensein erbaut und lässt die Dinge reifen an sich selbst in strömender Gerechtigkeit und liebevoll gehegter Trautheit, seinserhoben. Weidenschmiegsamkeit gewahrt vollendetes Gestalten in des Schaffens Ruh und steigert sich zu immerwährender Gekonntheit im Vergeben neu erfundener Gegebenheiten. Normen wollen stillestehn und vergreifen sich am Fluss des Augenblicks im kühnen Ritt ins Grünen. Wohlgesetztes Schreiten trachtet nach Gediegenheit im Werden und beglückt sich mit der wohlgelungnen Tat. Tänzer trauen sich Vertrauen zu in absoluter Weise auf dem Seil der tausend gähnenden Gefahren. Doch der Fall geht ins Gefallen der entzückten Menge glorios hinüber und gefällt sich in der Pose lächelnden Bedankens.

So erwirbt sich Sein Bewusstsein im Erscheinen und bereitet sich im Ebenmass des Handelns das beseligende Weilen nach erreichtem Ziel.

7.5

Des Urgewissens Spur zu finden gehn die Generationen weit hinaus in viele Äste des Verzweigens und Verzweifelns und verlieren sich im dunkeln Tann der Wissenschaftlichkeiten. Nur die wahrhaft Klugen halten inne und beginnen, in sich selbst zu graben. Alles Nichtige verwerfend, werfen sie sich einer Flamme hin in ihrer Innheit, die das Leben selber in sich trägt und ihres Seiens Urkraft.

Freudetrunken sehen sie ihr Weltbild sich verändern in der Sicht auf das Gestaltende, Behütende, Verhaltene und offensichtlich alles überbietende Agens des Aufblühns des Natürlichen im unermessnen Werden, dem sie gegenüberstehn. Ein jedes Wesen eins mit dem, was Welten schafft im Weltgetriebe, jedes Sehnen nach Vollendung schon erfüllt im Wirken des Unendlichen, das sich in jede Zelle seines Wesenseins verbreitet und ihr Dasein wunderbar erhöht im Selbst-Erkennen.

Was ist Trautheit im Begreifen, wenn nicht dieses, was ist Seinsgeschwisterschaft, wenn nicht der Sang des ewigen Einander-ganz-Gehörens in der Herzlichkeit des Augenblicks, wie in der Melodie des Sternenjubels, die uns immerfort umbraust im Lichterfluten.

Kraft von Kräften, Helle aus dem Urlicht, Wesensbildnis des Allwesens sind wir alle, im bewussten wie im unbewussten Streben.

Einheit mit dem Höchsten ohne Grenzen, universenbauender Elan und lächelndes Genügen in der Sicherheit des Seins im Absoluten, welche Wonne, welche Schöpferqual.

Leis verebbend in der Wunderkraft des Schweigens löst sich alles Widersprüchliche ins Bild des grossen Friedens, im erhabnen Seinsbeschauen.

7.6

Nur die Bitte eines reinen Herzens öffnet die Verschwiegenheit des Himmels und erfüllt das lauschende Gemüt mit reich geschmückten Gaben. Nur das Hingegebensein berührt und rührt des Seins Gefieder und entfacht Beseligung vollkommnen Wohlverstehns in ihm. Was sich ereignet ist im Stillesein begründet, das eine Seele mild durchströmt im Eigen-Sinn des Weiselosen, dem sich alles eint im hoffenden Beschauen. Wie die Lerche jubelt in der grünenden Natur, bejubelt sich das Sein, wenn es sich selbst gefunden im Bewusstsein eines Wesens. Andacht steigt im Ahnen zum Erhabenen empor und reinigt das Gewissen, bis die lautere Glückseligkeit in ihm sich etabliert im Seinserfüllen.

Sonder Weichheit, wie der zarte Lautenschlag stösst Well an Welle an das Boot der sinnenden Genügsamkeit und löst das Wirkliche, im wachen Träumen. Was kein Auge je gesehn, erhebt sich im erkennenden Gedulden vor der Munterkeit des Seelenaugenblicks im Trauen und befreit die Traulichen zum Sein im Zustand wundervollen Harmonierens.

Das Beschauliche ist in sich selber gross, im weiterwirkenden Befrieden. Eine Welt des Heils erfüllt sein Rauschen, eine Gabe ans Allräumliche ist sein begeisterndes Vergeben. Den wahren Schein der Sterne legt es bloss und badet sich beglückt in ihm; den Fluss der Sphärenmelodien lässt es zärtlich fliessen und entlässt sich selbst in ihn in liebevollem Tauschen.

Gleitende Behutsamkeit im Schweben führt die Wesen leis gefühlter Sehnsucht sachte zueinander hin und eint ihr Sosein auf der Einheit liebelichter Spur. Nur Seligkeit im heitern Weilen ist zu spüren.

7.7

Ahnherr seiner selbst ist, wer die Schwelle überschreitet ins Bewusst-Sein, das den Zeitbegriff verloren. Vor- und nachher, früh und spät sind ins Erleben wonnevollen Gegenwärtigseins gefasst, im Erkennenden Beschauen. Vollendet ist das Seinsbewusste jeder Art in unantastbar wirklichem Gehaben, in der idealen Formstruktur. Weihung ans Erhabene ist tiefempfundnes Hingegebensein an sich, im Sein bewahrt vom Sein, in strahlender Natürlichkeit und ebenmässigem Erstaunen.

Das Sein im Zeitenlosen ist sich selber Wurzel, Baum und Frucht in einer einzigartigen Gebärde des Erkennens, makellos und formvollendet in bewundernswertem Equilibrium.

Ein jeden Wesens Tiefen sind das Sein in Fülle, das sich ins Bewusst-Sein drängt, Ursehnsucht zeugend und Verlangen nach dem Himmel des Erlöstseins von dem Unbewussten in der Weltenspur. Das Sein führt sich zum Seligsein hinan in wundertätiger Manier und reicht sich selbst dazu die Hand, in jedem noch so flüchtigen Begegnen. Im Menschen zeugt es klingende Wahrhaftigkeit und seinsbedingtes Miterleben jeder Hoffnung, jedes freudevollen Aufblühns, jedes still empfundnen Wehs. Es ist ein einziges Verklären, denn die Wege fahren alle ins Bewusstsein einer abergrossen Herrlichkeit, ins Sichersein und ins Vertrauen in sich selbst jedwelchen Wesens.

Hochgestimmtheit ist die Folge des Erkennens der Erhabenheit der Ich-Natur, in der sich alles wiederfindet, was verloren schien und die, in ihrer Eigenheit geborgen, Wonne ist, elysischen Verfliessens.

7.8

Bewusstsein kann den Raum vergrössern und verkleinern mit der Dinglichkeit in ihm, ohne dass es merkbar ist im Relativen. Absolut gesehn kann die Geschwindigkeit des Lichts verändert werden auf eben diese Weise, weil das Weiselose über allem steht.

Das Räumliche an sich wird ebenso beherrscht, wie sich die Zeitlichkeit dem Seinserkennenden zu Füssen legt, in wundervollem Fügen. Das Mass der Dinge ist das seinsbewusste Fühlen. Niederwärts gebiert es sich Probleme, eingetaucht ins Unbewusste und bedrängt von ihm. Reinheit will sich selbst erreichen, klingend, strahlend, seinsvibrierend in der Vielzahl der Errungenschaften, die sie sich gewissenhaft erwarb im Homogenen.

Ohne Zweifel ist das Ganze rein und nur die Teile können sich ins Schattenhafte schieben. Lasst uns im Bewusstsein Einheit feiern und Vollenden in der Tat des allverklärenden Gerechtseins. Lasst uns unsre Teilchenhaftigkeit beweinen und belächeln und vermeiden und vergessen in der Glorie der Ganzheit, die sich auch im Teil erkennt in unbedingter Würde, Zug um Zug.

Das Meisterhafte rühmt sich, das Gesellentum in sich zu tragen. Jede Frucht enthält den Keim, aus dem sie sich erhob, so lassen sich Idee und Wirklichkeit nicht voneinander scheiden.

Sein ist Gesang des Möglichen aus Möglichkeiten, ist feenhaft geschwungne Melodie, wo es sich in sich selber findet, sorglos und gediegen. Friedefertigkeit ist sein Panier und Grazie im Lichtverteilen. Schwebeleicht besinnt es sich auf alle guten Gaben, die ihm innewohnen und erklärt sich vor dem eignen Wesenhaften gut und schön.

7.9

Wesensgründe offenbaren sich dem Stillen von unübertroffner Grazie, ob der er sich in taubentänzerischer Selbstvergessenheit bewegt. Sein Ruhm ist das Erkennen der geheimsten Seinsgegebenheiten, die in strahlender Bewusstheit vor ihm stehn.

Ein Niemandsland für die im Leben Etablierten, eine Wahrheit sondergleichen vor dem Seelenaugenblick ist das beständige Kraftentfalten, das noch in jedem Weltending zutage tritt und seine Dominanz beweist im nie erlahmenden Getriebe.

Schauen und nichts sehen ist seziererischer Stil, vom Sein bewegt sein in erkennender Behutsamkeit, das Augenmass des Hingegebenen im seinserfüllten Weilen. Wohlan, es reiht sich die Gedankenbilderhaftigkeit zur Perlenschnur vor dem gestillten Herzen und bereitet ihm ein Fest von auserlesnen Gaben. Nicht im Konkreten und doch wahr ist das geheimnisvolle Rauschen nie gesehner Ströme im Allherrlichen der Sphären. Wesenbildend, schicksalleitend, sturmentfachend, säuselnd in Geruhsamkeit, erweisen sie sich selbst die eigentlichen Daseinsdienste im bescheidnen Wiederholen.

Gründlichkeit und dauerhaftes Über-sich-Verfügen, sind die Attribute aller Vielgerühmten, die dahinter stehn. Wo ist Weisheit, wenn nicht im Äonenträchtigen, von dem die Ignoranten täglich tüchtig zehren, ohne zu begreifen, bis die Wucht der Allgesetzlichkeit sie ins Erstaunen stösst.

Grosse Liebe tilgt die Schulden, die im Buch der Wahrheit stehn. Vorwärtsschreiten will die allerfüllende Gerechtigkeit, indem sie mit Erbarmen die umfängt, die sich vertrauensvoll zu ihrer Güte wenden. Nur die Verstockten lässt sie stehn.

Wir sagen es: Es hat die Stunde schon geschlagen unermessnen Aufbruchs ins Bewusstsein wahrer Huld, zu der die Wesen sich erheben, wenn sie hebend, tatenfreudig und vertrauensvoll in ihrem seinserfüllten Dasein stehn.

7.10

Mit Sicherheit des Seins Begabte trauen sich im Wirken Meisterdinge zu. Sie stillen jede menschenherzgeborne Sehnsucht nach dem Freisein von den Lebensnöten und gewinnen für die Welt den grossen Frieden in der Seelenruh. Kein Ereignis mag das Gleichnis ihres hiebelächelnden Gemüts verstören, keiner Wunde Weh erreicht die Tiefen ihres Sich-Besinnens auf das Eine, Höchste, Wesentlichste ihrer blühenden Natur. So braucht ihr Schauen nimmermehr zu zagen.

Aller Dinge Fluss entfaltet sich zu ihrem Wohl und jede Geste ihres allverbindenden Gehabens weckt Vertrauen und Gerechtsein in den Wesen ihres Weltberührens. Nur dies eine, wunderwirkende Begaben steht den Suchenden zur Wahl.

In die Weiten geht das Sinnen wahrer Seinslust in der Näh. Das Ereignis des Beglücktseins füllt die Sternenräume wie die Räumlichkeit der menschlichen Natur im grandiosen Gleichnis der Gestalten. Hier und dort sind eins im Sich-Befruchten und Verstehn. Nur Liebe kann nach soviel Weisheit langen, nur Sein vom Sein vermag so tief ein Rätsel aufzulösen, in erkennender Bravour. Wie lind und schön das Dasein, wenn kein Drängen sich ins Tun mischt, wenn die lautre Wahrheit von den Händen fliesst ins fliessende Gestalten.

Ausbund reinen Wohlgefallens sind die Werke der Erlösten, auf- und niederschwebendes Brillieren ihres Singens Melodie. Ihr Sein ist Lebenszärtlichkeit in allen Dingen, ihr Verrichten ein Gebet und ihre gleichgestimmte Trautheit das Verbreiten wahren Hoffens in den Regionen freudigen Empfindens.

Vielen öffnet sich das Licht und vielen das Bewusstsein wunderbarer Herzensfrommheit im Bewähren.

7.11

Vom Sein behütet treibt die Seele Blüten des Bewusstseins vor sich hin. Ihr Glanz ist die Erkenntnis ihres wahren Wesens, ihr Vermächtnis an die Welt das Auferstehn aus ihren Gründen.

Liebevoll und heiter gibt sie sich selber Kunde vom Erfahren der Befreiung aus der Zeitennot, bedeutsam ist, was sie sich so besagt und allen innig Lauschenden im Wegbeschreiten. Strahlend brennt ein Licht in ihrem Seinsgewissen, unverdrossen weiht sie sich den Weiten ihrer Gottnatur im überirdischen Erkennen.

Hofrat ihrer selbst bewegt sie sich im Blauen, losgelöst vom Schweren schwebt sie seinsbewusst dahin, in Güte und Bescheidenheit ihr Lebenswerk vollbringend.

Heil ist Heil in Himmelsgründen der Bewusstheit im bewussten Götterspiel. Nimmersattes Weben an der Seinstextur bewahrt das Seiende vor dem Erstarren in sich selbst und äussert sich in wundertätigem Vibrieren. Im Schwingen liegt der Schwung der Zeiten, in der Gleichgestimmtheit ihres Klingens Harmonie von überirdischer Schöne. Gebenedeit sind die, die sich dem Sein verschreiben, fruchtbar aus der Fülle nie verebbender Bravour. Gestalten und Gewalten ist ihr Los, den Weltenlauf verändern ihres Treibens Lust in ebenmässigen Gesängen, funkensprühenden Triaden und beseeltem Weilen, in der Weise der beglückten Gottnatur.

Weisheit ist ihr Streben, Seinserfassen ihres Erntens Glorie im Lebensspiel. Vom Lichte ganz durchstrahlt, erstrahlen sie wie funkelnde Juwelen dem bewussten Schauen und vergleichen sich dem Unvergleichlichen, indem sie vollends sich in ihm verbergen, in glückseliger Wesensharmonie

7.12 .

Ein klingendes Gefäss die Seele, wenn in ihr Ströme reinsten Glückes hin und wider gehn; ein Bild der Anmut, sie zu schaun in ihren Schleiern, wenn sie sanfte sich bewegen und in zarten Farben Lieblichkeit verbreiten.

Die Stille der Holdseligkeit erfüllt ihr Wohl und lässt sie lächelnd sich der Seinsgenügsamkeit ergeben, Himmelstrautheit legt sich ihr zu Füssen, strahlendes Gerechtsein offenbart sich ihr und flüstert ihr Erkennen ins Gewissen.

Sorgenlos lässt sie die Mussezeit an sich vorüberziehn und schaut die Wunder wunderbaren Weltenstrebens. Unsterbliches bewegt ihr wachendes Empfinden und beseligt, was sie ist in ihres Daseins liebelichter Spur.

Von leis verebbendem Gesang fühlt sie sich immerfort umgeben, in der Einfalt ihrer staunenden Beschaulichkeit, wie im Befriedetsein von jeglichem Verlangen. Von allen Werten makellosen Seins beschenkt, weilt sie in schwebender Natürlichkeit in ihren Wundern und bereitet sich ein Fest von unermessner Schöne. Die lautre

Wahrheit ist ihr nah, die Zärtlichkeit des Seinsberührens und die Wonne schweigender Geborgenheit im Ewigen. Eine nie gekannte Süsse würzt ihr Weben und befähigt sie, mit strahlender Begeisterung ins Allverstehn zu tauchen.

Welche Labsal gleicht nur diesem Sich-Ergötzen an der eignen Historie, welche Weise klingt bedeutender, als die des weiterschreitenden Bewusstseins vom Allherrlichen, mit dem die Wesen aller Weltlichkeit begabt sind, in den Tiefen.

Licht vom Licht sind sie in ihrem Leuchten, Seligkeit von Seligkeit im Murmeln ihrer Harmonie, und Seinsgestilltheit ist's, was sie sich selbst und was sie, weitgedehnten Flugs, dem Sternenraum vergeben.

7.13

Sich mit allen Dingen eins zu fühlen, bedeutet einssein mit der Gottnatur, die in allem sich in Zartheit und Verschwiegenheit erfühlt. Eines einzigen Wesens Wesenhaftigkeit zu sein ist Selbstverständlichkeit und Gnade des Erkennens, die sich jedem bietet, der da sehnend will. Feingefühl und liebendes Vereinen sind vonnöten, ebenso wie Trachten nach Gerechtigkeit und friedefertigem Miteinander-Walten. 0 selig, wer sich solchem Leben freudevoll ergibt, o Wunder reiner Tugend, wer im Weben einer Welt von Schönheit und Gediegenheit verweilt im Makellosen.

Vollendet tritt des Seins Gewissenhaftigkeit und Treue vor ihn hin und besiegelt, was er ahnte im Gestilltsein in verständnisvoller Ruh. Er muss um keines Rätsels Lösung mehr sich mühen, weil er selber Rätsel ist und Losgelöstheit, Widerstand und stilles Sich-Ergeben in der eignen Tiefe tiefbeglückender Natur. Wer wollte da nicht jubelnd in sich selber Klang vom Klang verbreiten und getauft vom Lichte in der allergrössten Andacht stebn.

Wie die Rebe fruchtbar darf der vor der Welt erscheinen, dem die Dinge ihres wahren Wesens Süsse offenbaren, dessen Seelensein Verlockung nach Verlockung ins Elysische erfährt.

Unverwandt ist er vom Sein durchdrungen und gebärdet wie ein Narr sich vor gestrengen Menschenaugenblicken, die den Schmelz des Lebens im wahrhaftigen Erkennen noch nicht sehn.

Liebevoll beugt sich das Überirdische zum Allgeschaffnen nieder und beglückt es mit der Gaben Vielzahl, die ihm zustehn als ein Erbe wundervoller Güte und als Unterpfand des Ewigen im zeiterfüllten Rauschen.

7.14

Geheimnisvoller Nächte Dunkel, geheimnisvoller Nächte Licht, die Seele zu berühren. Licht vom Klang der Offenbarung einer grossen Freude, Freude von des Himmels freudgeladnem Hof.

Wachsen in der Stille ins Unendliche, ist des Empfindens glorioser Stil, Dankbarkeit und Andacht sind der Inhalt seines Sich-Erlebens. Wahre Güte glutet in den lichterfüllten Sphären reiner Harmonien, Wohlgeordnetheit beglückt die Wesen, die sich auferweckt in ihnen sehn und die ihr Dasein als im Ewigen zutiefst geniessen. Alle wachen Geister schreiten würdevoll voran im erhabnen Weltverstehn. Sie verströmen Weisheit in das Lebensblut der Generationen und befördern das zu Fördernde in unerschütterlicher Weise, Herzensfreiheit, Lebenslust und Heiterkeit gewährend.

Leuchtefeuer auf den Kämmen auserlesner Berge sind sie, Kraft verströmend und Besonnenheit zu schweren Rätseln, Liebe in den Zwist und selige Gelöstheit in den Bund der hingegebnen Wesen.

Alles tief Empfundne ist zutiefst auch wahr. Einer Welt in Schmerzen steht der Glanz des Neugebornen gegenüber, jedem Weh Erlösung und der Einsamkeit die Fülle, im Erkennen der All-Einheit über allen Zeiten.

Freigestellt sind alle, die sich um das Ganze kümmern, das sie wie den Keimling in sich tragen. Hochgeborene sind sie, mit Gnaden überschüttet des Besinnens auf den Anfang und das Ziel.

Beide sind dasselbe im Begriff des Seins und sind zugleich die Mitte allen Werdens im Erfüllen jeden Augenblicks mit Schönheit, Sicherheit und der Magie des Absoluten, die sich nicht biegen lässt im abergrossen

Schreiten der Gezeiten und Gestirne, im bewegten Wandel aller Seinsgeschicke, in der grandiosen Vielfalt, die sich doch im Einen einst erfährt, wie im Zeichen wonnevollen Ruhns in selbsterkannten Gründen ewigen Gedeihens.

7.15

Spuren einer überwältigenden Freude darf die Seele sehn, wenn sie sich einlässt auf das Stillesein in ihren seinserhobnen Gründen. Unberührte Schönheit stillt ihr zärtliches Verlangen nach dem Glanz der Urnatur, in dem sich alles findet und befindet, wenn das Schauen sich dem Sinnen aufgetan.

Wie lieblich sind die Lebensauen dem, der jede Wehmut hinter sich gelassen, um in der Allnacht das erhabne Licht des Seins zu sehn, das ihn umhüllt und ganz durchflutet und mit reiner Seligkeit begabt. Wie kann er da noch zagen? Wissende Geduld begleitet ihn auf seinen Wegen, mit dem Lächeln holder Anmut schreitet er voran und öffnet allen weit das Tor, die sich derselben Wohlgestimmtheit anbefehlen.

Was ist Traulichkeit des Daseins, wenn nicht das Gewissen des Erlöstseins von der Lebensqual. Ganz ins Singen taucht, wem des Erkennens Sonne wie ein wohlbehütetes Geheimnis aufbricht überm Horizont der Zeiten, lind vor Wonne ist sein Herz, wenn alles sich zum Allerbesten wendet in den Räumen ewigen Entzückens, die ihm offen sind und die ihm überreich die Grazie des Seins bezeugen.

Vom Windhauch der Glückseligkeit berührt eratmet er die Düfte wahren Wohlseins in den innern Kreisen, die ihn wie die Sonnenflut umfloren und behutsam in den Urstand seines Seinsbefindens heben. Kein Gedanke, kein Gefasstsein ist so schön, wie dieses Losgelöst-in-allen-Himmeln-Schweben. Aetherlicht und Schweigen füllen das Bewusstsein jedes Serafims, Bescheidenheit und Würde sind die Attribute der Bewohner dieser Sphären, die im Seelenvollen sich der Seinsgenügsamkeit ergeben.

Hier ist alles Liebendes-sich-selbst-Verströmen. Hier sind Offenheit und Heiterkeit Legende auf bewusster

Spur und führen in die Herzlichkeit des Allgewissens, wunderbarer Weise, frohgemuten Flugs. Wie harfenklingendes Begleiten schwingen Harmonien sich von Weiten neuen Weiten zu und streifen das Bewusstsein wonnevoller Klare im Vorüberwehn.

Myriaden Sterne, wirkungsvoll ins Feld getragen, leuchten lieblich in der Urnacht des Beschauens und verklären, was wir sind zur Einheit ruhevollen Ruhns im allgeschwisterlichen Sehnen.

7.16

Das Ewig-Währende ist ewig gleich in seinen Schleiern: Fülle, Wille, Kraft und Zärtlichkeit, die sich zur Schönheit formen universenweiter Harmonie. In sich glückselig haucht es sich in alle Fernen seines Ich-Verstehns und weitet sein Bewusst-Sein bis ins Unermessliche des auseinanderstürzenden Allraumens.

Jedes Wesen ist Allwesenheit im Seinsdurchfluten. Jedes tätige Bewusstsein drängt sich dazu, alles zu begreifen und sich selbst zuvor. Hochgestimmt von Stimmen des begeisternden Berufens wacht es auf ins eigne Seinserkennen und gewahrt sich so das Glück des Wissens um das Freisein in Unsterblichkeit und nie verebbendem Befrieden. Geborgenheit im eignen Ruhn lässt sich am ehsten weitertragen, Gediegenheit im Andersartigen in jede Weise transmutieren des Erscheinens, als beglückendes Idol.

Entfesselt und erhaben setzen sich die Geister Ziele unerhörter Dichte und Prägnanz im seinsgestaltenden Bewegen. Sie begüten, was sie sind in ihren Schauern und vollenden ihres Tuns Gebärde überall mit wissender Bravour.

Im Ahnen sind sie gross und ihres Werdens Oberfläche spiegelt Seelenhaftigkeit in wunderfarbnem Glänzen. Ohne Beispiel stehn sie für sich selber da und tragen sich ins Buch der Weisheit, wirklichkeitsgeladen. Geste über Geste ihres alldurchflutenden Gebarens trägt das Siegel überirdscher Wonne und entwindet sich in Leichtigkeit und Grazie dem formenden Gewissen, neuer Schönheit zu.

In seliger Präsenz erleben sie das Zeitenlose, nichts erwartend, allem sich vergebend, ewigen Erblühns und wenden sich im Lauschen neuer Formung zu im unablässigen Kreieren. Jeden Seinsgedanken bis ins äusserste zu tragen, der Vollendung, ist ihr Ziel.

7.17
Aus der Weihe an die Stille strömt der Friede wundersam ins Herz hinein. Alles blüht im Seelenraum des nächtigen Beschauens und entfaltet sich in sanft empfundner Elegie. Grazie des Ewigen zu nennen, was sich regt ist nicht zuviel und deutet ein sich öffnendes Geheimnis an von unnennbarer Schönheit, das sich dem erschliesst, der fühlend sich dem Gegenwärtigsein ergibt im Grenzenlosen.

Nur Gereimtes trägt sich ihm in leichten Schleiern an, nur Wesenhaftes kommt ihm liebevoll entgegen und erfüllt ihn mit Glückseligkeit von nie verebbendem Erklingen. Warm und innig ist sein Selbstgefühl im Allraum der Geborgenheit und im beseligenden Aufeinanderfolgen trefflicher Gedanken, die sich wie Sonnenfinger durch bewegte Nebeldünste schieben.

Andacht und begierdeloses Anerkennen des Erscheinens neuer Weltbezüge tränken das Bewusstsein und versehen es mit Harmonie der feinsten Art im allweiten Harmonienreigen.

Stände und Urstände wahren Reichtums bieten sich dem staunenden Beschauen an und beleben, was sich aus Gemeinsamkeit ergibt ergreifenden Bedenkens. Wie die reifen Garben erntet das Gewissen so den Schmelz des überirdischen Gedeihens und versucht in Worten das zu Klärende behutsam zu verklären.

Losgelöst und liebelicht ans Sein gebunden äussert sich die Seele in bewundernswerter Fertigkeit, das Treffliche hinüber- und hinauszusagen in die horchende Versunkenheit, in Menschenwesenreichen. Lind von Trautheit lindert sie das Weh der Sehnsucht nach Begreifen und gewahrt den Sehnenden den Klang der Tröstung aus der Sinfonie von Sphärenklängen, die die Lauschende bewegen. Vielerfahrenheit und Schlichtheit sind in weitgedehnten Zügen ihrer Wonne Spiel.

7.18

Weltgefühl im Staunen über das beglückte An-sich-selbst-Erwachen mitten in der Sinnennacht. Truglos, leidlos, steht es in der Wahrheit seiner selbst im grossen Atem der Allgegenwart des Seinsgeschehns. Absolute Klarheit des Gedankenwebens überschaut den Sinngehalt, der im Natürlichen sich offenbart und es befördert und durchflutet in der Vielzahl aller Wesen, die sich in den Lebenswelten finden.

Was töricht ist zerfällt, allein das Weise webt sich fort in alle Weiten, unerschöpflich, wahrhaft und gediegen. Seinsvollbringen ist Gesetzlichkeit in unumstösslicher Prägnanz, Seinsumhüllen allerreinste Liebe, die sich im Übermass an Traulichkeit dahingibt an sich selber im Geschöpflichen, das Wohlgefühl zu mehren. Heimat ist sie den Verfemten, Wonne allen Lieblichen, die sich aus Herzensgründen nahe stehn in wunderbarem Sehnen und Erfüllen, im Vereintsein und Entbehren, tief beglückt und nie zu trösten offenbar.

Wer in Liebe handelt, handelt recht und soll es nie bereuen. Nur die Toren ziehen sich zurück aus einer Gabe, die vom Herzen kam und lassen sich ins Ungemache fallen. Wieviel Zärtlichkeit steht allen Zärtlichen bevor in neu erfundnen Seinsnuancen, wieviel Anmut liegt im süssen Sich-Vergeben ohne Absicht, Spiel um Spiel. Eine Feier ist's, das Leben mit erwachtem Feingefühl herzinnig zu geniessen.

Immerzu erfüllt das Sein sich im verwandelnden Begüten. Ohne Unterlassen fügt es Fäden der Holdseligkeit in seine ins Allräumliche gebreitete Textur. Es kann sich selber nimmer schaden. Nur, dass es gross wird an der eignen Schwere, dass ihm alles wohl gelingt in seiner Strategie der Weisheit, Einigkeit und Güte.

Wahrheit steht im Licht, und Licht ist Wahrheit in der letzten Konsequenz des überirdischen Beschauens. Jedes Wesen zehrt davon und labt sich an der dargebotnen Schöne, wenn es reinen Willens sich dahingibt ans Lebendige, in tiefempfimdnem Trauen.

7.19

Dein Weltenwort gehorsam sein erlöst die Seele von den Fäden der Verstrickung und gewährt ihr Seligkeit und Ruh. Was kann ihr besseres geschehen, was kann sie überzeugenderes wählen, als die Leuchtspur des Entzückens, die sie unbeschadet durch die Lebenstage führt. Es ist ein Wandern auf den Höhen des Beschauens, wenn ein Wesen, vollends mit dem Sein verbunden, seinen Zielen kühnen Schreitens folgt, die zugleich Ziele sind des Höchsten in der Liturgie der Einheit, die gefeiert wird in solcher Weise liebevoll von ihm.

Beseelt von Welterbarmen trägt es sich den Welten an und strahlt das Lichte, Wohlgeordnete in sie nach seinem Mass des überirdischen Vollendens.

Ohne jeden Zweifel darf der Lichtgeborene durchs Leben gehn und wird sich unbedingt behaupten in der Kunst, Wahrhaftigkeit zu üben, die allein im Sinnenhaften Sinn macht wunderbar im Fügen. Wie die Weide wird er unter Lasten sich geschmeidig biegen, sie ertragend, um zur rechten Zeit sich wieder aufzurichten, ohne jeden Makel in der Makellosigkeit des Seins, die ihm dazu die Kraft gegeben.

Unter Tränen wird er lächeln, freudevoll das Weh ertragen, in der Süsse des Begreifens, in der Reife seiner wohlgelungnen Passion. Wissend und gewissenhaft gewahrt er sich und allen das Empfinden überwältigender Seinsgeschwisterschaft von Stern zu Sternen, Herz zu Herz und Seel zu Seele, in den weihevollen Nächten des Geborenwerdens neuer Menschenfreundlichkeit im Lieben. Seine Schwingen sind erhaben, weit und gross und voll erbarmender Geschicklichkeit, die seinen zu beschützen in der Not. Was redlich ist und schön bestimmt sein Handeln und an seinem Beispiel dürfen alle wohlgetröstet fürbass durch die Zeiten gehn.

Was er vereint, vereinigt sich in Harmonie und Frieden unter Lobgesängen, in der Seinsgeborgenheit der seligen Natur.

7.20

Er ist in die Nacht der Liebelosigkeit hineingeboren
einer Menschheit Licht zu sein,
ist das Geständnis der Barmherzigkeit vor tauben Ohren
beseligende Linderung für soviel Herzen in der Pein

Wie müssen wir ihm innig danken
für sein Erscheinen in der Zeit
wo die Gemüter an der Selbstsucht kranken
und sich verschliessen vor dem Quell der Ewigkeit

Es ist ein stetes Um-die-Wahrheit-Ringen
in das uns unser Leben stellt
er will sie uns zur Kenntnis bringen
indem er sich zu uns gesellt

Und mit uns täglich, stündlich streitet
um das Gerechte in der Welt
und uns bewusst zum Guten leitet
das er uns hell vor Augen hält

Sein Glanz soll uns zum Ganzen fügen
das uns bereitet ist im Sein
und soll verhindern, dass wir uns betrügen
um unser unermessliches Daheim

Indem wir seiend uns bewähren
und wach sind immer auf der Hut
kann er uns Friedefertigkeit gewähren
und Sanftmut legen ins bewegte Blut

Was ist Vertrauen, wenn nicht was wir ihm entgegen-
bringen, um aus dem Sinnenfälligen hinan
ins wahre Freudenlicht zu dringen
das uns zur Herzenswonne führen kann

Die uns belohnt für unser Streben im Allhier
und uns zur himmlischen Genügsamkeit geleitet,
vollkommen Losgelöste sollen wir
erfahren, was uns wahrhaft weitet

Und uns erheben in sein Licht
von dem wir Flammen sind im dunklen Ahnen
erkennen sollen wir von Angesicht zu Angesicht
sein Wesensbild auf unermessnen Bahnen.

7.21

Die wundervollen Nächte sind nun mit im Spiel und stärken das Erleben in der Wissenschaft des Seins mit ihrer rosenblätterigen Vielfalt, ihrem stillen Dauern und dem Glanz, den sie ins Innesein verstrahlen. Freude, nichts als Freude sprechen sie ins hingegebne Herz und lassen es in Sanftmut und Entzücken Ruhe finden, in der eignen Signatur. Komplexes löst sich auf ins simple Da-Sein in Gelassenheit und Frieden, wünschelos gewahrt die Seele sich das Schauen des Erfülltseins mit unsterblichem Behagen.

Nichts mehr zu bedeuten ist ihr gnadenvolles Los im Ewig-Heiteren. Kein Wirken, keine Sehnsucht kennen, ihre Inbrunst, die in leisem Sich-Verflattern in den Sphären Wonne sammelt und ereignisvolles Staunen.

Noch nie hat ihr das Lied des Seins so wundersam geklungen, wie im Hochgesang des immerwährenden Begütens, das sie spürt und dem sie sich in Trautheit und Gelassenheit dahingegeben.

Das Mal des Einsseins mit dem Allgeschehn ist in ihr Wesen eingeschrieben und erfüllt es mit Begeisterung im Teilen. Makellose Liebe strömt aus ihrer gütevollen Fülle, die allein die Welt bewegt zu neu gefassten hochmoralischen Gebärden, in der Vielfalt ihres Sich-Gestaltens.

Warten ohne Absicht, sein im Sein der liebevollen Kostbarkeiten, selig sein im Tauen der Erlösung ins Beschauliche, gestattet sich das wissende Gemüt im Rauschen überirdischen Gewährens.

Wie im lautern Sonnenscheinen steht es in der Gunst der göttlichen Präsenz und badet sich in ihr, die letzten Hemmnisse ans Illusorische zurückzuweisen. Das neue Wirkliche ist Allergriffenheit im Weilen, ist Behutsamkeit und forsches Weitergehn in einem, ohne Grenzen abzusehn.

Erfahrung und Gewissenhaftigkeit sind Seinsgefährten auf der Reise durch Allräume, denen sich das Liebliche hinzugesellt in schlichter Anmut, Ebenmässigkeit und lächelndem Ergänzen.

7.22

So allumfassend ist das Ich-Erleben, dass eine Seele sich in allen andern wesend finden kann. Sie kennt erkennend ihre Nöte, nimmt sich ihrer voll Erbarmen an und opfert sich dahin, ihrem Weiterschreiten Tür und Tor zu öffnen.

Das Geschwisterliche zieht die Menschen an. Es weist sie auf die rechte Spur im Unterweisen. Jede Gabe seiner Mündigkeit stösst die Entrechteten behutsam an und bringt ihr vielbewusstes Sein ins Lot der tausend Freuden. Jede Klage eines reinen Herzens findet in ihm seinen Widerhall und findet sich getröstet in der Glorie des Seinserlebens.

Wachsamkeit wird hoch belohnt in jeder Phase des Gestaltens neuer Wirklichkeiten, liebevollem Sich-Verschenken wird die Krone aufgesetzt des wahren Königtums, in sichtbar unsichtbaren Zügen. Mitgetragnes Leid erzieht zur Grösse und gebiert die Übersicht in Mensch- und Götterreichen.

Wie die lauen Winde rührt der Hauch der Einheit alle an, die sich dem Lichte öffnen wahren Weltverstehns. Ihr Sein ist allbewusstes Sein vom Sein des immerwährenden Erhebens. Künder der Natürlichkeit sind sie im Allnatürlichen, Retter der Vernunft inmitten blanker Unvernünftigkeit und rückbesonnenem Zagen.

Die Weisen sind wie Springebrunnen nährender Potenz im Feld des durstigen Beisammenstehns. Gezinkte Karten meiden sie wie's Feuerrasseln und geloben sich und andern Treue in der Kunst der vorwärtsschreitenden Wahrhaftigkeit, von der die Werke der Beglückten zeugen. Gerade ist ihr Weg, in nie erlahmender Geduld begangen, wie vollgesäumt mit Pappeln an der Schnur.

Die Weise ihres Weilens ist Gehorsam und Glückseligkeit im Chor der Seinserhobnen, die voll Wonne ihre Daseinslust besingen.

7.23

Das Gegebene bewahren, neue Werte bilden ist der Sinn der Klugheit, ohne den wir uns im Niemandsland verlieren. Alles lebt in Keimen, die ihr Wissen durch Aeonen weitertragen. Keime unsrer Göttergrösse sind auch wir.

Im Entfalten offenbaren sich die Züge unsrer wahren Ich-Natur. Wahrlich ist es mit dem Sitzenbleiben nicht getan vor soviel Winken, Ansporn, Bitten, Aufruf und Befehlen zum Vereinen aller Gegensätze im Gewinnen seinserkennender Bravour. Wer wollte noch sich selber schaden, wenn er eins ist mit dem Nächsten, wenn er weiss, dass auch das Fernste ihn bewegt und er mit seinem Tun in alle Fernen wirkt des Weltenseins, im aneinanderstossenden Verwehn.

Nie sind Verluste zu beklagen. Das Lernen schafft Substanz, die Güte mildert, was zur Schroffheit sich erhob und jede Geste des Erbarmens hilft dem Seinsgescheiterten allmählich wieder aufzustehn.

Verschwistert mit den Sternen fangen wir zu strahlen an, im Wiederkehren absoluter Reinheit des Bewusstseins. Berufne sind wir Wesenskräfte zu entfalten, die die ganze Schönheit, Liebenswürdigkeit und Wohlgeordnetheit des Seins vor allen Augen offenbaren.

Kenntnis seiner selbst soll jeder in sich tragen, Wissen um die Macht der sprudelnden Gedanken, Heiterkeit des Ewigen und Liebe zum Geringsten, das ihm absichtsvoll begegnet auf der langgedehnten Lebensspur.

Meerweit trägt der Wind den Samen auf den Flügeln seiner strebenden Natur. Wissen wir, wohin das Sein Gedankenkeime trägt, die wir ins All versenden. Ist es uns bewusst, dass sie sich ständig an der Gleichgeartetheit bereichern und zu mächtigen Gebilden auferstehn. 0 wüssten wir's, damit wir peinlich Sorge tragen, sie mit Qualität zu laden in der Kunst des Schaffens seinsvollendeter Strukturen. Alles was wir wollen, können wir. Nur ist das Bild der nie erlahmenden Geduld vonnöten, dass es täglich uns vor Augen steh und uns zur strahlenden Wahrhaftigkeit im Seligen verführe.

7.24

Transzendiert das Denken, lösen sich die Grenzen des Besinnlichen und lassen eine Seele wahren Freiseins Fürstlichkeit erfahren. Ledig jeden Zweifels sieht sie sich im Absoluten wesenhaft geborgen und gewahrt sich selbst in ihm als Sein vom Sein ununterscheidbar in Substanz und Sagenhaftigkeit der Attribute, die da reiner Wille, reines Denken, reinen Fühlens Zartheit sind.

In die Weise makelloser Weisheit heimgekehrt, ist sie erlöst von jeglichem Verlangen; abergründigen Lauschens findet sie Glückseligkeit in ihres Seiens Ziel. Gestilltsein in der Stille des Bewahrens der vollendeten Erhabenheit, ist ihres Schauens Alfabeth, Bedenkenlosigkeit in langgedehnten Zügen, ihres Wallens wissende Bravour. Ihr Wesens Gleichnis ist das Es des mystischen Erkennens, ihre Gründe sind nicht zu begründen.

Was die Lauterkeit betrifft erlabt sie sich an deren Quell, der sich als Licht erweist von unbedingten Gnaden. Einer Taufe ewig währenden Begütens untertan, erfährt sie wahrer Liebe Heil im Heilstrom seligmachender Manier, dem sie sich ganz anheimgegeben. Weihe füllt die Räume der Allgegenwart, die ihr geöffnet sind; voll Ehrfurcht sieht sie sich vereinigt dem Höchsten in der Hoch-Zeit ihres Weilens. Ohne Zweifel weiss sie sich vom Seinsnatürlichen umflort, das sie befruchtet und belebt in jeder Phase ihres handelnden Bedeutens. Ohne Sinnenfälligkeit zu suchen, treibt sie lächelnd mit dem Lächelnden ihr liebelichtes Spiel.

Vollends ins Seinsvollendete gezogen feiert sie ihr Auferstehn ins Einssein mit dem Einen in der Selbstverständlichkeit des Wahren und im Singen eines jubelnden Gebets, zusammen mit den Jubelchören, die ihr Sein umwehn.

Wach im Wachen, traut im Trauten und voll Seligkeit im Seligen erklärt sie sich das Amen, das sie seelenruhig im Gelübde ihres Schweigens intoniert.

7.25

Weltenliebe, Weltenlieblichkeit in Seelengründen, Andacht vor dem Überweltlichen auf reingefügter Götterspur. In nie erforschten Tiefen ist der Christus wesenhaft zu finden. Im äussersten Gehorchen öffnet sich des Freiseins Blüte, die gereicht der Seelenwelt zum Heil im wunderbaren Lichte des Verklärens. Seinsvereinen nennt sich das in unvermittelbarer Fülle des Erlebens, absolutes Trauen im gestaltenden Elan, der sich zum Höchsten hebt des liebenden Erhebens.

Wahre Nähe kann nur Innewohnen sein in Einheit und Beglücken, steigernd sich zur Kraft des Allbelebens in bewusster Sternenraummagie. Sonnen wie Atome sind im Sein zu spüren des vollzognen Raumerfüllens, in der mitternächtigen Helle, die die Sterne überstrahlt. Lied der Wonne im Erreichen himmlischer Glückseligkeit, erfülltes Trachten nach Vereintsein mit dem Einen im vollendeten Erkennen der geheimnisvollen Seinsstruktur. Intensivstes In-der-Welt-Sein ist vonnöten.

Vom Sein zum Singen auserwählt ist jeder der sich ihm ergibt; es ist ein langgedehnter Flötenton von unermessner Süsse. Was hat dem Ohr so sanfte je geklungen, wie die Wiederkunft des Seelenhochgesangs im Reinen, was entzückt die Sinne mehr, als Sinnenlosigkeit in Losgelöstheit, Heiterkeit und heller Unvernunft im Zeitenlosen. Wachheit im Unendlichen ist wie die lautre Liebe schön und übertrifft die kühnsten Träume aller Träumenden um noch viel mehr, als sich erträumen liesse.

Nur Bewusst-Sein kann die Dinge ihres wahren Namens zeihen, nur die Friedefertigkeit des Alls vermag die Seelensehnsucht ganz zu stillen, die in jedem Wesen um Erfüllung bettelt, bis zum Augenblick des ewigen Heilens der Blessur.

Gesang des Dankens, unermesslicher Gesang erfüllt die Räume des Empfindens unsrer Gottnatur.